真珠とカナリヤ

雪代鞠絵

幻冬舎ルチル文庫

CONTENTS ✦目次✦

真珠とカナリヤ

✦カバーデザイン＝高津深春（CoCo.Design）
✦ブックデザイン＝まるか工房

イラスト・広乃香子✦

真珠とカナリヤ

垂れ込めた鈍色《にびいろ》の雲には晴れ間がない。もう朝だというのに、窓の向こうの庭地には冷々とした影が落ちている。

「……今日も雪になるな」

目覚めの珈琲《コーヒー》に口を付け、玖珂玲人《くがれいと》は呟《つぶや》いた。

サンルームの椅子に座り、長い脚を組む。きっちりとプレスされたシャツのボタンは一番上の一つだけを開け、黒いボトムに革靴を身に着けている。

二十三歳、東京帝国大学《とうきょうていこくだいがく》に籍を置く学生ながら、玖珂伯爵家の当主である。二年前の盛夏に授爵の儀を挙げてから現在、最も若い有爵者であると共に、その容姿がひときわ異彩を放つものであることは社交界でも有名だ。

金褐色の髪に、同じ色の瞳は光の加減によって翡翠《ひすい》の輝きを孕《はら》む。均整の取れた長身は青年らしくしなやかで、顔立ちは甘く整っている。東洋人のひめやかさと西洋人の煌《きら》びやかさを併せ持つ、水際立った美貌《びぼう》。玲人の母親は英国人との混血だった。

英国人との混血児が襲爵することは極めて異例だが、東京市の方々に外国人居留地が作られ、西洋人が自由に街を歩き、夜会に出入りすることがそう珍しくない昨今、玲人の襲爵は宮内庁や他の上位の華族らから反対を受けることは一切なかった。

それどころか玲人の存在は、現在の日本の国際方針を具現するものとして喜ばしく受け入れられた。

玲人は、日本が諸外国に対して寛容であり、外交にも積極的であるという態度を示すに相応《ふさわ》しい格好の「道具」なのだ。鎖国が解かれてすでに五十有余年、日本が国際大国としての地位を得ることが国を挙げての目標とされていた。諸外国へ憧れ、欧州やアメリカへ遊学する若者も多い。

国際人の模範として、玲人は社交の場へ招待を受ける。日本国民の儀表たる華族という地位、西洋の血が明らかな美貌、さらに日本の歴史や礼儀作法にも精通し、数ヶ国の外国語を操る知性。だが、玲人は招待の多くを、自分はまだ学生の身分だからと言って退けている。

この真冬に、わざわざ東京を離れこの雪国に長期滞在しているのも、年末に向けて様々な誘いをかけられるのが煩わしくて敵《かな》わないからだ。玖珂家代々の慣習をいいことに、この北国にある別荘にとどまりしばらく東京に戻るつもりはなかった。

メイドが銀のワゴンに出来たての朝食を載せて運んできた。卵料理に手を付けると、硝子《ガラス》窓の向こうで風が鋭い音を立てて庭を吹き抜けていく。

八角形のこのサンルームを囲む掃き出し窓《フランス窓》は今はすべて厳重に閉められている。よく手入れされた庭には十字型の花壇が東西南北に設けられ、それぞれに色とりどりの冬薔薇《ふゆばら》が美しく咲き誇っている。その遥《はる》か向こうに、鈍色の空を映す海が見える。この別荘は、海を見下ろす崖《がけ》の上に建てられているのだ。

執事の田村《たむら》が新聞を運んでくる。

「風が出てまいりました。窓際では寒うございませんか」

「いや、大丈夫だ。庭師に風奏琴《ふうそうきん》の螺子《ねじ》を開けておくよう言っておいてくれ」

「かしこまりました」

田村が頭を下げる。田村は、祖父の代から玖珂家に勤める老齢だが有能な執事だ。今冬、東京の本邸を離れこの別荘を訪れるに際し、玲人は田村をはじめ、数人のメイドを連れてきた。こちらで人を雇い入れることも出来たが、使用人といえども、玲人は自分の周囲に見知らぬ人間を置くことを好まない。

癇性《かんしょう》なのではなく、初めて玲人の容姿を目の当たりにする相手の反応が少々、鬱陶《うっとう》しくあったのだ。

「叶世《かなせ》は？　まだ眠ってるのか？　昨夜は夜会に出ていたはずだな」

叶世——天城《あまぎ》叶世は、玲人と同じくこの別荘に滞在している幼馴染《おさななじ》みだ。

この山間周辺は別荘地となっており、雪見物に来た華族や富豪たちが毎日のように園遊会や夜会を開いている。社交嫌いの玲人とは正反対に、派手好き、賑《にぎ》やか好きの幼馴染みは、それらの集いに加わって、別荘地の夜を楽しんでいるようだ。だが、夜会に出ても、今朝のように朝帰りをすることはそう多くない。

「は、昨晩はどうもお帰りが遅かったようで。雪の降りが酷《ひど》かったので馬車の進みが悪かったのでしょう」

「叶世の肩を持つ必要はないぞ、田村」

「は……」

田村がさりげなく目を伏せる。

「あいつの素行の悪さなんて今更だ。絵作業の後、夜会だ何だと言って毎日のように花街通いをしてることくらい、俺も分かってるさ」

その時、居間を横切って当の叶世が伸びをしながらサンルームへとやって来た。

黒いフランネルの洋寝巻き《パジャマ》姿のまま、スリッパを引っ掛けたいい加減な姿だ。

「ああ、今日も冷えるな」

派手にくしゃみをしながら自分の席に着く。

日本人としてはずいぶん大柄で、西洋人の血が入った玲人よりまだ若干大きい。普段の言動はずいぶん大雑把で大胆、乱暴で、何を見るにも斜に構えたような皮肉屋でもあるが、育ちの良さと知性が整った顔立ちに垣間《かいま》見える。一度社交界に出れば、黒髪も麗々しい長身の美丈夫《ハンサム》として名高く、当世一代の粋士《プレイボーイ》として艶《あで》やかな美女たちから賞賛の眼差《まなざ》しを浴びる。

退屈嫌いの叶世は恋愛遊戯にも熱心で、公爵夫人と危険な情事を楽しんだり、花街にいる玄人《くろうと》と懇《ねんご》ろになったりと慌ただしいことこの上ない。

「叶世。行儀が悪いぞ。自室を出るならせめてパジャマを着替えてから来い」

「悪い。朝食の後で二度寝させてもらおうと思ってな。ああ――俺の卵はスクランブルで

「頼むよ」

まだ若いメイドが叶世にカーディガンを着せ掛ける。叶世は彼女の手を取り、「ありがとう」と微笑して素早く甲にキスした。メイドは真っ赤になった頰《ほお》を押さえ、小走りにサンルームを出ていった。叶世は悪びれることなく、テーブルに頰杖《づえ》をついて欠伸《あくび》を零《こぼ》す。

「昨日はずいぶん遅かったみたいだな。夜会は楽しかったか？」

カトラリを使いながら、玲人は何喰《く》わぬ顔で幼馴染みに尋ねる。

「ああ、昨日の夜会は思いの外賑わって、だが夜半になって酷い雪が降り始めた。帰る客は皆路上で馬車を停めて立ち往生だ。俺もベッドに入ったのは夜明け前だった」

「ふうんそうか。昨今の夜会に『花房《はなぶさ》』を衣服に薫《た》き染めた女性が訪れるとは、珍しいことだな。今や西洋風の装いが大流行で、御婦人方は老いも若きも誰もが皆ドレス姿、もちろん香りも西洋風のものをさりげなく漂わせるのが当世流の女性の嗜《たしな》みと聞いているのに」

叶世は早朝に帰ったきり、シャワーも浴びないますぐにベッドで寝入ったらしい。昨晩、彼にしな垂れかかったのであろう女の匂いがまだ濃密に残っている。

「それは……、昨日の夜会には、たまたま和服を着た淑女がいて、物珍しさもあってワルツに誘って……『花房』はその時の移り香だろう」

叶世はしどろもどろだ。「花房」はそれほど高価な香ではない。夜会に出席する淑女が衣服に薫き染めるようなことは絶対に有り得ない。洋装流行の昨今なら尚更だ。女性の身繕いに詳しい叶世がそれを知らないはずがない。さらに玲人に冷ややかに見詰められ、結局、叶世は開き直った。自分の嘘を堂々と釈明する。

「夜会には本当に行ったんだぞ。お前も知ってる、鉄鋼商の秦野《はたの》さんが主催だ。夜会がはけた後で、馴染みの花魁《おいらん》に会いに出かけたんだ」

「だったら最初からそう言えばいいじゃないか」

白けた口調でそう言って、玲人は珈琲カップに口を付ける。叶世は伊達《だて》男そのものに、大《おお》袈裟《げさ》に肩を竦《すく》めてみせた。

「今日は午後から肖像画作成の続きに入るつもりだからな。女遊びが過ぎる絵描きはいくら幼馴染みのよしみがあれ使えないと、品行方正、清廉潔白な伯爵様に臍《へそ》を曲げられても困る。一方、懇ろの花魁もかわゆくてね。北方の小さな花街だと思うと、寒さの中咲く花がいっそう哀れにも思えて帰るに帰れなくてな」

一歳年長の幼馴染みは楽しいものに目がない。色事にもずいぶん長《た》けている。彼に商売抜きでぞっこん惚《ほ》れる女郎《じょろう》――時には同性である色子もいるらしい。

「いい仲になると、帰ると言ってもこれがなかなか許してくれない。雪が降り始めたのをいいことに朝まで居続けをねだられて、ようよう大門を出たのが明け方になったってわけだ」

「それはそれは。色男も大変そうだ」

「花街で帰るなと言われるのは男の栄誉だぞ。それも朝までくんずほぐれつ、こちらは残弾ゼロだ。商売女に求められてこそ本物の男だと、俺は思うね」

「……品のない話だ」

玲人は憮然《ぶぜん》と幼馴染みの武勇伝を一蹴《いっしゅう》する。

この悪びれなさがプレイボーイとなる秘訣《ひけつ》なのだろうか。

場末のバーであれ、または公爵家での夜会であれ、叶世はいつもその場にすんなりと溶け込む。何をするにも物慣れており、淑女の細腰に腕を回し、ワルツでは軽やかにステップを踏む。

ワイングラスを傾けて、ブラックタイをやや緩める所作に不埒《ふらち》な色気があって、貞淑な淑女も令嬢もあっという間に叶世の魅力に陥落してしまうらしい。

問題は、これが当世切っての大財閥、天城家の三男坊であるということだ。

芸術大学の油絵科を二年で中退した彼は、四年間、欧州に遊学していた。最近突然ふらっと日本に帰ってきたところを玲人が捕まえて、肖像画を描く仕事に誘ったのだ。叶世は叶世で、実家で絵筆を持っていると、やれもっと勉強しろ、家業に専心する二人の兄たちを見習えと父母に叱《しか》られ嘆かれ、もうすぐにでも事業に参加させられそうな勢いなのだという。それ故肖像画作成の話をすると、渡りに船とばかりに玲人と共にこの別荘にやって来たというわけだ。

玖珂家では、当主は二年に一度、方々にある別荘に長期滞在し、屋敷の諸処を背景に肖像画を作成するのが慣《なら》わしになっている。東京の本邸も壮麗かつ巨大な建物だが、そのロングギャラリーには代々の当主の肖像画が何枚と並んで、玖珂伯爵家の永らくの栄華を訪れる客に誇示してみせているのだ。

このサンルームを出、居間や応接室に行けば、イーゼルに掛かった描きかけのカンヴァスや、叶世が使う画材が一式置かれている。肖像画作成はたいてい一ヶ月もあれば描き終えてしまうものらしいが、叶世は意外に凝り性で、下絵や色付けに少しでも瑕疵《かし》を見付けると気に入らないと言って、あっさりとカンヴァスを破棄してしまう。そんなわけで、肖像画作成はすっかり頓挫《とんざ》してしまっている。

そんな風に、いつでも自由奔放な幼馴染みとは学習院《がくしゅういん》の中等部で出会った。もう十年来の仲だ。性格はまったく違うから、本来は仲が良くなる要素などどこにもなかったのだ。しかし、校舎ですれ違った初対面の折、いきなり肩を摑《つか》まれ顔を覗《のぞ》き込まれた。

「お前の目、どうしてそんな変わった色なの？」という叶世の不躾《ぶしつけ》な問いかけが発端で、殴り合いが始まった。二人とも保健室行きになったが、鼻頭や頰に絆創膏《ばんそうこう》を貼りながらも、叶世は翌日も玲人に話しかけてきた。

最初は無礼な上級生を黙殺していた玲人だが、叶世の好奇心は決して性質《たち》の悪いものではなかった。森羅万象、彼はすべてのものに平等に好奇心を向ける。いつか画家になりたいのだ、と告白された時にはもう、二人の友情は確固としたものになっていた。

「今日は雪になるらしいが、街に出て絵の具を買ってくるよ。緑の絵の具がどうも足りない」

運ばれてきた野菜スウプや卵料理に手をつけながら、叶世が言う。

東京の銀座・青山とはいかないが、この別荘地にもカフェーや洒落《しゃれ》たレストランはもちろん、食料や日用品、東京や周辺の都市から仕入れられた雑貨や衣装を売る店舗が集まった商店街がある。もっとも、買い物に出入りするのは専ら別荘に勤める使用人ばかりで、屋敷の主《あるじ》、その招待客が物入りである時は、店側が注文された荷を届けるのが仕来《しき》たりだ。

だが叶世はそういった慣習を堅苦しいととことん嫌い、自分から身軽に雑貨屋に出向き、気に入った絵の具を選んで買ってくる。

素人《しろうと》の玲人はよく分からないことだが、一口に緑と言っても様々な色があるらしく、さらにそれを溶くテレピン油との相性、室温や湿度によって思い通りに色が出ないことも多々あるようだ。

大雑把で磊落《らいらく》、ちゃらんぽらんだと叶世も自分の気質を認めているが、唯一、彼は絵画に関してはたいそう厳しく、妥協というものを許さないのだった。

「俺は絵のことは何も分からないが。緑の絵の具なんてそんなに使うものなのか？　居間や広間を見回しても、俺の衣装や調度を見ても、緑を使ったものはそれほど多くないと思うが」

「カンヴァスを埋める量の多寡じゃないんだ。伯爵様の美貌を余すところなく表そうとするなら何千通りの緑を絵皿に作って試してみるのは当然だ。お前の瞳の色は特殊なんだ」

「……ふうん」

玲人は自分の容姿にあまり興味がない。むしろ、疎ましくさえ感じている。

しかし鏡を見れば、薄茶色の瞳に、光の加減で緑が混じっているのが分かる。まるで舶来ものの稀少《きしょう》な宝石のようだ、西洋の血というものはこのような美しい造形をなすのかと周囲からは礼讃《らいさん》を受けるが、玲人自身はあまり好かない。

光の加減によって瞳の色が変わるなんて、まるで化け物のようではないか。玲人が自分の容姿に関して嫌悪感を抱《いだ》いているのを、敏《さと》い幼馴染みが気付いていないはずはない。それなのに、叶世は玲人の翡翠の瞳をカンヴァスにはっきりと描くつもりであるらしい。

肖像画作成を頼んだのは玲人なのだから、好きにすればいいと思う。

だが、玲人には玲人なりの不満があった。描かれている間の退屈についてだ。

「お前は絵描きだから分からないだろうが、描かれている方は退屈で仕方がない。舞踏会でも夜会でもあるまいし、わざわざテイルコートを着て、澄ましたポウズを取って、おまけに始終お前にじろじろ見詰められるのも何だかもううんざりだ」

ナプキンで口を拭《ぬぐ》いながら憤懣《ふんまん》をぶつける。

「退屈凌《しの》ぎに本も読めないし、身動《みじろ》ぎすればポウズが崩れると怒鳴られるし。俺みたいに他人の気配が気になる性質には、モデルは向かない」

「待て待て。人の気配が気になる性質だって？　よく言うぜ、今更繊細ぶるなよ。昨日なんてスケッチの間にすっかり寝入りやがって揺さぶっても怒鳴っても起きないんで寝顔の肖像画を描いてやろうかと思ったぞ」

そうだったろうか。

そういえば、あまりの退屈さに目を閉じていたら、だんだんうとうとしてきたような気はするが。玲人が反論を控えていると、幼馴染みはどんどん増長する。

軽やかに笑顔を浮かべているが、その黒い怜悧《れいり》な瞳で、玲人の何もかもを見透かしている。

「俺が思うに、お前は神経質でも潔癖でもない。単に面倒くさがりなんだよ。肖像画作成を理由に東京に戻らないどころか数々の夜会や園遊会の誘いはすべて断って淑女令嬢を嘆かせてばかり。せっせと花街に通う俺の方が、男としては遥かに優等生だと思うね」

どうやら、この舌戦は叶世の勝ちであるようだ。傍《そば》にいて給仕をしていた田村もひっそりと苦笑している。

玲人は肩を竦め、ナプキンをテーブルに置いた。

「つまらない。ヒューベリオン、おいで。朝の散歩に行こう」

居間の暖炉の傍の、毛皮の上で寝そべっていた亜麻色の毛をしたロシアン・ウルフハウンドが機敏に身を起こす。玲人の愛犬ヒューベリオンだ。玲人が朝食を終えたら、朝の散歩と決まっている。フランス窓の鍵を開ける玲人を田村が追ってきた。

「玲人様、上着をお召しください。外はたいそうな風です」

「必要ない。冷気に当たりたい」

シャツのまま、ふらりと外に出る。

さっきから主が食事を終えて、散歩に連れ出してくれることをおとなしく待っていたヒューベリオンは、嬉しげに後を追ってきた。

芝生《しばふ》が敷き詰められた広大な庭は、寒気にも強い冬薔薇や蔓《つる》薔薇でアーチが作られ、庭師たちに丹精を込められ凛々《りり》しく花開いている。庭は玲人の腰の高さほどある白い大理石製の柵《さく》で囲まれており、それらには麗々しい庭との調和を崩さないよう、玖珂家の紋章のレリーフが施されている。

石柵が途切れ、十五段、合間に踊り場を挟んでさらに十五段の階段を下りると、海岸へと続くなだらかな丘陵に出る。

波の遠鳴りが、徐々に近くなる。前を行くヒューベリオンが長い脚で、濡《ぬ》れた砂の上を走りだした。さくさくと、砂を蹴《け》る音が間断なく聞こえる。

「ヒュー、あまり遠くに行くなよ。この風だ、突然荒波が来るかもしれない」

ボトムのポケットに手を入れ、ゆっくりとヒューベリオンを追う。

波際を歩き、見上げれば、さっきまで朝食をとっていた玖珂家の別荘が見える。

チューダー様式の威風堂々たる建物。全面にやや黒味の強いスクラッチ・タイルが張られており、玄関ホールの真上には石塔が傲然《ごうぜん》と聳《そび》え立っている。遠目にも、他人を威圧するような重苦しさをはっきりと感じる。

あの別荘は、祖父が建てたものだ。

玲人の祖父は、生まれながらの華族ではない。祖父は若い頃は地位も金もない、ただの貧しい庶民だった。しかし金融業に才覚があり、それを頼りに大変な苦労をして、とうとう莫大《ばくだい》な資産を築いた。ところがとにかく強欲な人で、金も欲しいが名誉も地位も何もかもが欲しい。庶民の成り上がりと言われるのは我慢ならない。そう考えたらしい。

それで当時、事業に失敗して斜陽にあった玖珂伯爵家に婿《むこ》に入り、金で買い上げるかのようにして伯爵号を手に入れた。

祖父はさらに大変な好色家だった。結婚後も手当たり次第に女を買い漁《あさ》り、外に何人も女を囲っていたというのに、跡取りには授爵して何年も恵まれなかった。

ようやく待望の男子が一人生まれた。それが玲人の父だ。祖父はたった一人の跡取り息子を大切に、期待を込めて育てたようだ。父は成人して英国へ留学した際に、日本人の血を引く女性と恋に落ち、彼女を連れて帰国した。父の結婚相手には資産家の娘を用意する算段でいた祖父は当然激怒し、二人を引き離そうとしたが、玲人の父と母は駆け落ちして北国の小さな街で隠れるように暮らした。大学を出ていた父は小学校の教員となり、やがて母は身ごもった。それが玲人だ。穏やかで知性溢《あふ》れる父と、美しく優しい母。地方の北国暮らしで決して豊かではなかったけれど、玲人は愛情に恵まれて育った。

しかし玲人が十三歳になった年、父が流行《はや》り病で亡くなった。時期を同じくして、祖父は消息不明となっていた一人息子の行方を探していた。

祖父は老齢から肺を病んでおり、死期が近付いていることを医者に宣告されてから、自分の後継者である息子の行方を死に物狂いで追っていたのだ。

だが、玲人の父はすでに亡く、祖父の使いが北国から連れ帰ったのは明らかに生粋《きっすい》の日本人とは違う、金褐色の髪をした子供だった。祖父が玲人を見るなり漏らした一言はこうだ。

「この混血児め。わしに何の恨みがあって玖珂家に関わりを持って生まれてきた」

その後の祖父の葛藤《かっとう》は凄《すさ》まじいものだったらしい。

自分が人生を懸けて手に入れた財産と地位。そのすべてを玲人に譲るのは悔しい。かといって、大金を積んで買った爵位を自分の代のみで失うのはあまりにも惜しい。祖父は悲しいほど強欲で吝嗇《りんしょく》だった。苦しい二者択一で、結局、選ばれたのが玲人というわけだ。

母と引き離され、見知らぬ帝都に連れられて、自分の出自を知った後も、玲人はよく泣いたものだ。母に会いたい、もといた街に帰りたい。伯爵家なんて自分には関係ないと。

それなのに現在、玲人は玖珂伯爵の地位を受け継いでいる。二年前、祖父がとうとう肺病でこの世を去ったからだ。生き意地いじましく、病を得てからなんと八年も生き永らえた。余程、「異形の子」に自分の地位と財産を譲るのを嫌ったと見える。

玖珂家に連れてこられてから、玲人は伯爵号を継ぐために徹底的な教育を受けた。玖珂家の事業も一通りは理解している。従って、大学を卒業したら、玲人は玖珂家の当主として本格的に家業も継ぐのだろうと周囲は考えている。だが玲人は玖珂家の事業に積極的に関わろうとは思っていない。会社は、祖父が使っていた優秀な専門家らが投資運営に当たっており、玲人は一生お飾りの社長でも構わないつもりだ。

頃合いを見て、適当な女性と結婚して子を成せば、周囲もうるさく騒ぐことはあるまい。

何もかも、どうでもいい。

「混血児」とは祖父の罵言《ばげん》だが、混じり合った血は確かに玲人を人とは違う別の生き物にしたようだ。

玲人が欲しくもない伯爵の名を継いだのには二つの理由があった。

一つは、伯爵号を継ぐに相応しい人間になれば、生き別れになった母にいずれ会わせてくれると、祖父が約束をしたからだ。

そしてもう一つは――――華族になり、権力を手にさえすれば、玲人の「探し物」が見付かると思ったからだ。

だがその二つの目的は叶うことがなかった。

母とは、もう二度と会えない。

もう一つの「探し物」を見付け出すのは考えていたより遥かに困難だった。華族の権力をもってしても、玲人の「探し物」を見付けるのは不可能だった。なぜなら華族の強大な権力に対して、玲人の「探し物」はあまりにささやかすぎたからだ。

結局、願いは何も果たせなかった。祖父から罵《ののし》られ、厳しい折檻《せっかん》を受け、さらに十数人と家庭教師を付けられ、学校では祖父の要求以上の好成績を修めた。つらいばかりの十年だった。それでも継いだ伯爵号のはずだったのに。玲人は今、何も手に入れていない。

立ち止まると、大きく寄せた波に足元が濡れた。玲人は構わず、真《ま》っ直《す》ぐに歩き続ける。

――この十年はいったい何だったのか。

その気持ちが、玲人を空虚にさせる。何もかもどうでもいい、というこの無気力な態度に、祖父は今頃草葉の陰で臍《ほぞ》を嚙《か》んでいるだろう。そしてあの気持ちのいい幼馴染みには度々叱《しっ》咤《た》される。

もっと自分の人生を楽しめと。

お前はこれから充分に幸せになればいい。過去に拘泥《こうでい》するな。この世にはお前を心から幸福にするための楽しい、美しいものがたくさんあるのだから。

その激励も今の玲人の無気力な心に、響くことはなかった。

突然、前方を駆けていたヒューベリオンがこちらを見た。玲人に注意を促すためだ。そしていっそうの早足で渚《なぎさ》を真っ直ぐに駆ける。激しく吠《ほ》え立てながら泡立つ波際へと突進し、ちらちらと波間に覗く緋《あか》い布切れに噛み付いて、それを砂地へと引っ張り上げようとする。

玲人も駆け付け、海に入ると緋い塊を腕に抱き上げる。

膝《ひざ》まで波に晒《さら》されながら、玲人は息を呑《の》んだ。玲人の腕の中に収まっている、それは紛れもなく人だった。まだ幼い——子供と言っていいような年齢の。

いつから海の中にいたのか、華奢《きゃしゃ》な体は、最早震えてすらいない。ただ脱力して、細い首を腕で支えてやっていても、頭をがくりと後ろに垂れる。長い睫毛《まつげ》は伏せられており、体をそっと揺らしてみても微動だにしない。完全に意識を失っている。

叶世ほど花街遊びをしているわけではないが、これが遊女の衣装だということは分かる。緋色《ひいろ》の襦袢《じゅばん》は素人ではない証《あかし》だ。花街の外へ逃げられないよう、女郎や色子はこの派手な衣服を着せられるのだ。

襦袢の緩んだ胸元から、真白い喉《のど》や胸元が覗いている。どうやら少年であるらしかった。玲人は躊躇《ためら》いなく少年の胸に手を押し当てた。弱いが、心臓の鼓動がはっきりと手の平に伝わる。

「生きてるな。よかった」

玲人は微笑した。ヒューベリオンが傍で不安そうに鼻を鳴らしている。

「……人魚姫を拾った。帰ろう、ヒューベリオン」

海で拾った少年は、まるで羽根枕のように軽かった。

玲人は真っ直ぐにもと来た道を引き返した。泡立つ波が足元に寄せては返す。流れ着いた少年が拾われたその痕跡《こんせき》もやがて波に攫《さら》われ、消え去った。


千冬《ちふゆ》はただ、とても恐ろしかった。

住んでいた村から、突然連れ出されたのは一昨日《おととい》の夜のことだ。千冬は今、古く小さな幌舟《ほろぶね》に乗せられている。向こうに見えるのは「街」の船着場だ。

千冬が住んでいたのは、三直村《みのうむら》と呼ばれる小さな村だった。

豪雪地帯の真冬というのは、真昼でも、野外はほの暗い。太陽の位置が分からないほど厚く垂れ込めた陰鬱な雲からは絶えることなく、一昨日も雪が降り頻《しき》っていた。

土地が貧しい地方では、米や野菜はどれほど丹精してもなかなか育たない。やっと育った野菜や、僅《わず》かに収穫出来た米は、地主の手下が来てほとんど洗いざらい持って帰ってしまう。歴史的な大異変である明治維新がもたらした地租改正という言葉は、この北国の寒村ではまだ誰も口にしたことがなかった。その近隣の村はどこの家も貧しかったが、最も貧しかったのは千冬の家だろう。

千冬には父がいなかった。兄弟もいない。

物心ついた時には、三直村と呼ばれる貧村の片隅で空き家になっていた小さな掘っ立て小屋で、母と子二人で生活していた。母はもともとどこかの土地に住んでいたものを追われ、流れ流れてこの村へとやって来たらしい。

千冬がまだ四、五歳の頃は、近辺の家で母と二人で畑仕事や薪割《まきわ》りを手伝わせてもらい、その報酬としていくらかの野菜や米を与えてもらっていた。母はもともと口数の多い人ではなかった。千冬は優しくされたこともないが、虐げられたこともない。寂しかったが、とにかく母子二人の生活はたいそう厳しく、母も千冬に構う余裕がなかったのだ。

そのうち、母は畑に出てこないようになった。千冬だけで朝から夕暮れまで畑仕事を手伝っているその間、千冬の家には顔も知らない男が何人もやって来て、母と一緒にすっかり閉じ籠《こも》ってしまう。

一日一人の時もあったし、また五、六人の時もある。夕暮れになり、千冬が家に入りたくても、客が帰るまでは軒下で待っているよう母には厳しく言われた。母の「客」は一度しか来ない者もいたし、月に何度となくやって来る者もいた。

その頃から、村人――特に亭主を持つ女たちは、千冬にきつくあたるようになった。貰《もら》える野菜も以前の半分になってしまった。

村人から冷遇されるのとは裏腹に、掘っ立て小屋の中は少しずつ住みやすくなっていった。

薄いが綿の入った布団が一式、野菜、米、それらは母を訪れる「客」たちが置いていくものらしい。家の裏にはいつも薪が積まれていた。その対価として母が何をしているのか、千冬にはまだよく分からなかった。

母が死んだのは、一昨日の昼のことだった。ここ数年のうち一番の酷寒と言われる今年の真冬の中でも特に酷い雪の日で、どこの家も畑には出ていなかった。薪割りがしたい、と頼んでも行く先々で追い払われ、とぼとぼと家に帰ると、中に客がいる気配があった。

千冬は雪が入って泥だらけになった軒先に座り込み、草履《ぞうり》も履かぬままかさかさの膝を抱き寄せて、こんこんと降る雪を眺めていた。やがて、小屋の中が俄《にわか》に騒がしくなった。男の怒鳴り声が何度かして、物が倒れ、壊れる音がする。出てきた客はひどく慌てていて、小さく丸まっていた千冬には気付かなかった様子で、逃げるように去っていった。

遠ざかっていく男を不審な気持ちで眺め、家の中に入ると、母は粗末な布団の上に仰臥《ぎょうが》していた。伸びた細い右の腕が、火の入っていない囲炉裏《いろり》に垂れている。

「……お母さん？」

そう声をかけても、身動きをしない。

やがてぱちぱちと物が焼ける嫌な音がして、千冬は焦げ臭い煙が辺りに充満しているのに気付く。柱や土壁の合間、雨漏りだらけの天井からもちらちらと赤い炎が見えていた。

千冬はすぐに異常を察した。

「お母さん！　火事だよ！　起きて！」

走り寄り、母の肩を揺さぶったが、それでも動かない。死んでいるのだと、気が付いた。

火事以前に、すでに息絶えていたらしい。

薄っぺらい掘っ立て小屋は大粒のぼたん雪の空の下、呆気《あっけ》なく焼け崩れてしまった。下手人はすぐに分かった。隣村の若い男で、「報酬」として持ってきた米が少ない、と母に文句をつけられたため、かっとなり首を絞めて殺してしまい、証拠隠滅のために外から火をかけたのだという。

そんなに簡単に、母の命が奪われてしまうなんて。無口な母だったけれど、十五になるまで千冬を育ててくれた人なのだ。千冬には大切な、唯一の家族だった。

焼け跡に一人立ち尽くす千冬のすぐ背後で、村民たちが噂《うわさ》話をしているのが聞こえた。

「千冬《あの子》の母親はね、昔、華族様の家の下働きをしてたんだよ。ところがちょっと綺麗《きれい》な顔をしてたものだから、そこのお屋敷のご子息兄弟やらそのご友人がお遊びの相手にしちまって、そのうちあの子が出来たんだ」

「華族様ってのは本当に酷いもんだよ。本当ならお屋敷のご主人がきちんと片をつけるところが、誰の子か分からないって難癖つけて、お屋敷から追い出しちまったんだとさ」

――華族様。

「かぞくさまって何？」

焼け跡に呆然《ぼうぜん》と立っていた千冬は彼女らの会話に反応した。

かぞくさま。

「かぞくさまって何？」

近付きながらもう一度尋ねると、女たちは顔を見合わせ、首を竦めるようにしてその場を立ち去った。かぞくさま、について、何も教えてはもらえなかった。

しかし火事の原因と共に、母が何故、千冬を連れてこの村に辿《たど》り着いたのか初めてその真実を知った。

そして畑に出なくなって以来、母がどんな仕事をしていたのか気付いた。母は、近隣の村の男たち相手に体を売る仕事をしていたのだ。

千冬は泣いたけれどどうにもならなかった。最期の時までそんな仕事をしなければならなかった母に申し訳がなかった。そして、たった一人の肉親を、こんな形で亡くしてしまうなんて。

かぞくさま。

母を放り出したというその人が、ほんの少しでも母を手助けしてくれたら、こんなに酷いことにはならなかっただろうか。

そして、母を、住む場所を失った千冬には次の試練が待っていた。

せめて母の骨を拾おうと焼け跡を裸足《はだし》でさ迷っていると、馬に乗り、毛皮を着て猟銃を携えた男が三人やって来た。千冬をこれから海際にある「街」へ連れていくと言う。

母が死んだら、借金のカタとして彼らに千冬を売り渡し、奉公をさせるという約束を、母は彼らと交わしていたというのだ。その真偽を千冬は最早確かめることは出来ない。母の遺骨に手を合わせる暇《いとま》すら許されず、腰紐《こしひも》を摑まれ引き立てられる。

千冬が住んでいた家から持ち出せたのは、いつも着物の内側に入れて大切に持っていたお守りだけだった。途中、他の村から集められた子供たちと合流する。いずれも千冬と同じような境遇の子供たちだろう。逃げられないよう、互いに腰を荒縄で縛られ、一列に雪原を歩かされた。

誰もが行く先など知るまいに、ただ無表情で無口でいた。雪降る中、いつまで続くのかすら分からない。疲れて歩みが遅くなると、馬上から鞭《むち》で容赦なく打ち据えられる。雪国育ちの千冬にも、これはたいそうきついことだった。

やがて小さな川に出、そこから幌の屋根がついた舟に乗る。この川を伝って、彼らが言う海辺の「街」へ連れられていくのだ。舟の揺れは酷く、そして相変わらず寒かった。一緒に雪原を歩いた子供たちと体を寄り添わせていたが、「街」に着くまでの間、六人のうち二人が飢えと寒さで死んだ。子供たちは皆泣いたが、男は亡骸《なきがら》を子供たちから引き離し川へ投げ捨ててしまった。

千冬はだんだん、自分の身に起きていることが現実なのか、夢 幻《ゆめまぼろし》なのか分からなくなっていた。

こんな酷い現実があっていいんだろうか。こんな、人の生死が無造作に扱われるようなことが。

舟は途中で、立派な橋の下を通り抜けた。

見上げれば、雪がちらつく中、橋の上を、ゆっくりとした足取りで歩く一団があった。西洋の背広を纏《まと》った長身の男、ドレスを着、従者が差す傘の中にいる女、そして五、六歳の兄弟が二人。身なりの良い、美しい家族だった。

「華族様だ」

舟に乗っていた仲間の一人が叫んだ。しかしその声は、空腹のあまりに酷く掠《かす》れている。

「この橋の向こうに、華族様たちが住んでるんだよ。雪見物をするためのお屋敷が並んでるんだ」

「……かぞくさまって何？」

母が死んだ時にも聞いた言葉だった。

仲間は、力のない声で千冬に教えてくれた。

華族様。あらひと神様のご眷属《けんぞく》にあられる、華族様。

華族様たちはたいてい帝都で暮らしているが、季節の折には地方の別荘地へやって来る。そこで生活する華族様たちは皆美しく着飾り、美味《おい》しく温かいものをお腹《なか》いっぱいに食べ、夜な夜な夜会があって楽しく豊かに過ごしているのだという。

「お母様、ねえ、お母様！」

頭上で子供の声がした。欄干に凭《もた》れかかり、橋を渡る途中だった兄弟が二人並んで千冬たちが乗っている舟を見下ろしているのだ。

「あの子たちは何？　どうしてあそこにいるの？　どうしてあんなに汚い服を着て、体を汚しているの？」

母親が慌てたように、兄弟の肩を引く。しかし兄弟は欄干に靴をかけ、身を乗り出して千冬たちを眺めている。

「だって僕たちがあんなに泥だらけでいたら、お母様やばあやに叱られてしまうのに。どうしてあの子たちはあんな格好のままでいるの？」

「分かった。あの子たちには、お母様やばあやがいないからなんでしょう？」

その言葉が、最も千冬の胸にこたえた。

「あの子たちはこれからどこに行くの？　お腹が空いてるみたいだよ、キャンディをあげてもいい？」

かつんと音がして、剝《む》き出しになっている幌舟の後方に、何かが落ちた。小石大の硬い何かが、透明の薄膜《セロファン》で包まれている。頭上の少年が投げたキャンディだった。幌舟に乗った子供たちは我先にとそれを摑もうとして争ったが、弾みでキャンディは川へと落ちてしまう。

落胆した溜息《ためいき》が辺りに広がった。

頭上で少年たちがきゃらきゃらと笑っている。

「おかしいの。ねえお母様、動物園にいた、小猿たちみたいだねえ」

「早くこちらにいらっしゃい。あまり我儘《わがまま》を言うのだったら、今日は晩餐《ばんさん》のデザートは抜きですよ」

そんなのやだ、と言いながら、少年たちは大慌てで駆けだしていく。弟の方がまだ興味深そうにじろじろと千冬を眺めていたが、母の呼ぶ声に踵《きびす》を返す。

小さな少年の瞳に、好奇と嫌悪、そして憐憫《れんびん》が浮かんでいるのを、千冬は見てしまった。

雪の降る中、ようやく舟は目的の「街」の入り口にあたる船着場に到着した。

綿もろくに入っていない、薄い袷《あわせ》の着物一枚きりで、千冬たちは舟から降ろされる。

船着場は大変な人だかりで、組んだ鉄骨で高く高く掲げられた籠《かご》の中で炎が燃え盛っている。夕暮れのような橙《だいだい》色《いろ》の光の中で、波が舟を叩く音、男の怒号などが響き渡る。どこから運ばれてきたのか、または運ばれていくのか、籠いっぱいに詰められた野菜に米などが市場のようにぎっしりと並べられている。

千冬たちは腰を荒縄で繋《つな》がれたまま、船荷の傍にいつまでも立たされていた。

――これから、どうなるんだろう――

この、船荷のようにまたどこかに運ばれていくんだろうか。

不安な気持ちに俯《うつむ》いていると、不意に顎《あご》を取られた。目の前に立っていたのはやや年嵩《としかさ》の女で、派手な化粧に、簪《かんざし》を何本も立てて髷《まげ》を結っている。

「どれ、顔をよく見せてご覧」

女の語尾を跳ね上げるような強い口調に、千冬は物をぶつけられたように怯《おび》えて身を縮める。

「……おや、女子《おなご》かと思ったら男かね」

頬を覆うように伸びた黒髪と、細い手足に千冬を少女と勘違いしたらしい。

「ふん、まあ顔立ちは悪くないね。吉原《よしわら》や新地《しんち》でも見られないような上品《じょうぼん》じゃあないか……でもこんなに痩せっぽちじゃあどんな小見世《こみせ》でも使っちゃくれないよ。うちはちょうど、色子が一人欲しかったんだ」

千冬を村から運んできた男の一人が、眉根《まゆね》を寄せ、女に意見する。

「おいおい、そりゃないぜ土岐乃屋《ときのや》さん。こんなガキをあんたん所みたいな荒っぽい河岸《かし》見世に置こうってのかい。三日で弱って死んじまうぞ」

「買った色子をこき使って何が悪いのさ。うちの見世は海際にあるからね、どうしても荒くれた漁師連中に馴染みが多くなるのさ。それを数をこなして何ぼの河岸見世なんだよ。ほら、お前はこっちに来るんだよ」

千冬は腰を繋ぐ縄を切られ、一緒に舟に乗っていた子らと引き離されてしまう。

どこへ行くんですか？　この先、俺はどうなるんですか？

あまりにも当然な質問に、女は背中を見せるばかりで答えてくれなかった。

「村へはいつか、帰れるんですか……？　俺、村に帰って……」

せめて母の遺骨の欠片を拾ってやらなければ。

「村だって？　お前、出身はどこだい」

前を歩く女が、首だけこちらにひねって尋ねた。

「……あの、俺は三直村に住んでいました」

「三直村？　へぇぇ……」

女は薄く描いた眉を上げて、まじまじと千冬を見た。

「つい一昨日だったかね。確かあの辺りの村は、廃村にするようにとお上からお触れがあったはずだよ」

「え……ええ⁉」

一昨日？　それは、千冬が村を出たその日ではないか。

村を廃村にする――取り潰《つぶ》すなんて、それまで千冬は一度も聞かされていないし、村人も知らない様子だった。

「お上のなさることだからね。あたしらや、地図にも載ってないちびけた村の都合なんざ取り沙汰《ざた》するもんか。三直村の辺りは雪がよく降るから、村は取り壊して、雪見物の華族様たちが住む立派なお屋敷を新しく建てるんだよ。別荘地になるんだとさ」

「じゃあ村の人たちは？　皆、あそこに暮らしてたのに」

村長や、村人たちはどうなるのだろう。母の仕事上、冷たくあしらわれることが多かったが、野菜や米を分けてくれたり、親切にされたりしたこともあった。

「さあねえ、お上のお情けに縋《すが》ってどこかに職を探してもらうか、別の村に移住するか……まあ仕方がないよ。華族様ってのは気紛れな方々だからね。どうにもならないよ、あたしら下々のもんなんて虫けら同然にしか考えていないのさ」

千冬は目の前が真っ暗になるのを感じた。

それでは、母の骨は永久に拾うことが出来なくなるのだろうか。

それに、三直村がなくなったら——。千冬は胸の辺りをぎゅっと手の平で握り締めた。

あの子とはもう二度と会えなくなる。

——だからずっと待っていてね。

そう言って笑ったあの子とはもう会えなくなる。

いや、希望を捨ててはいけない。もしかして、一生懸命に奉公をすれば、ここからはすぐに出られるかもしれない。または、時々なら外出する自由もあるかもしれない。

千冬はどうにか、良い方に、良い方にものを考えようとする。酷い現実に、決して打ちのめされてしまわぬよう、必死でいた。癖で、つい着物の胸の辺りをきゅっと摑む。

女は、「みせ」と呼ばれた建物に入る。連れていかれたのは風呂場で、女は改めて千冬を見下ろすと、体についた泥を落とすように言った。風呂は無人でまだ火が入っておらず、千冬は桶《おけ》に水をすくい、何とか体にこびり付いた汚れを落とした。

風呂を出ると、さっきの女はもういなかった。代わりに、無口そうな老婆が二人。彼女らの手で、千冬はあっという間に襦袢を纏わされていた。それも緋い襦袢で、襟《えり》を大きく抜き、腰ではなく胸の下を細い紐で括《くく》られる。

「あ、あの……」

腹がひどく空いていたので、上手《うま》く声が出ない。村から引っ立てられ、長い長い間歩いて、舟に乗せられ冬の海を渡った。

舟の上にいた間もほとんど飲まず喰わずで、空腹に耐えきれずに幌の隙間から入ってきた雪を握って口に突っ込んだ子供がいたが、それで体の内も冷やしてしまうことになり、激しい腹痛に苦しんでいた。

「これは、これは女の子が着る着物なんじゃないですか……？」

老婆たちはちらっと視線を交わし合い、一人が愛想のない様子で千冬に耳打ちした。

「この見世には男も女もありゃしないからね。いいかい、お前はお客の言う通りに、されるがままになってりゃいいんだ。万一にも、足抜けなんて考えちゃいけないよ」

そんな話を聞きながら、薄暗い廊下を歩かされる。今から奉公が始まる、ということらしい。

千冬は覚悟を決め、襦袢の袖口《そでぐち》を摑み、こっくりと頷《うなず》いた。

――頑張ろう。何をするのか少しも分からないけれど。女はここを「みせ」と呼んだ。船着場に近いのだし、もしかしたら旅館のようなものなのかもしれない。お客さんが寝入っているこの深夜にしておく掃除などの作業があるに違いない。

だが千冬に用意されていた奉公は、もっと惨《むご》く生々しいものだった。

「さあ、行ってきな。粗相をしたら承知しないよ」

目の前の襖《ふすま》が開かれたと思うと、背中をどんと突き飛ばされる。最後に、老婆二人の意地の悪い笑みを見た気がする。襖はさっと閉められ、二度と開けられることはなかった。

千冬は膝立ちのまま、ぼんやりと部屋の中を見ていた。寒くはない。ただ薄暗く、広い部屋だということは分かった。千冬は目が慣れるまで、身動きすることが出来なかった。

ところどころに、行灯《あんどん》が置かれている。薄暗闇《くらやみ》の中、人の手足が時折ぼんやりと浮かび上がり、そうして呻《うめ》き声が聞こえるように思う。

「…………？」

暗闇で、足元で、何かが縺《もつ》れ合い、蠢《うごめ》いている。千冬は、まさかという思いに、一歩、その場から退いた。

千冬は貧しい村暮らしで、面白い遊びの一つも知っているわけではない。けれど、この部屋の空気はよく知っていた。

母の「仕事」が終わるまで、いつも住んでいた掘っ立て小屋の軒下でじっとしゃがんでいた。雨が降っても、夕暮れが過ぎて雪になり変わりやがて夜が来ても、客が帰っていくまで千冬は家の中には入ることが出来なかった。けれど客が帰った後、一歩、土間に入った時の――猥《みだ》りがわしい空気。

暗闇に目が慣れる。室内の様子がはっきりと分かった。千冬は恐怖のあまり、体をがくがくと震わせている。

数枚の緋い布団が散らばるように敷かれ、そこに数名の男女が肌も露《あら》わに入り乱れている。壁や仕切りなど、そんな上等なものは何もない。女郎か、色子の上に客が果てて体を起こすと、すぐに次の客が挑みかかって圧《の》し掛かり、体を揺する。それが終われば、次の男がやって来る。女郎たちには休む暇などない。あちこちから、苦痛を訴えるようなか細い声と、荒い息が聞こえる。

数人の客にいっぺんに弄《もてあそ》ばれている色子もいるらしく、無理な体位を取らされた上に、口まで男のモノで塞《ふさ》がれて、くぐもったような吐息を漏らしている。行灯に照らされた尻の間は、真っ白い体液でびっしょり濡れている。

奉公とは、身を売ることだと千冬は気付いた。

ここで、新入りだと挨拶するべきなのだろうか。だけど。

男も女も、新入りも古株も関係なしに、この部屋の布団に横たわり、次から次に来る客の相手をする。そんな「みせ」なのだ。仕来りや礼儀など、何もありはしない。

――怖い。恐怖のあまり、一歩も動けないまま、ぽろぽろと涙が零れた。

ところが、行灯に近い場所にいた男がさっそく千冬を捕らえる。

「そら、新入りが来たらしい」

乱暴に襦袢の裾《すそ》が引っ張られ、千冬はよろめいて粗末な布団の上に倒れ込む。怯えきっているその体を、男たちは呆気なく組み敷いてしまう。酒臭い息が頬を掠めた。

「へえ、こりゃあこんな見世で見るにはなかなかの上玉だぜ。女か男か、賭《か》けようや」

「女だろう、この顔立ちは」

「うん、女だ。こんな河岸見世にゃあ滅多にないような肌をしてるじゃないか」

襟からすうっと肩の素肌を辿られて、千冬は悲鳴を上げた。手足はそれでもしっかりと押さえられている。

「さあご開帳。男なら俺が水揚げ客だ」

ぱっと着物の裾が捲《まく》られ、摑まれた足首が左右に割られる。途端に客たちがどっと笑い声を上げる。まだ未熟な性器が、行灯の光のもと、明らかにされたからだ。千冬は羞恥《しゅうち》のあまり、遮二無二かぶりを振った。

「やっ！　やっ！　いやあっ！」

「そら見ろ。やっぱり男じゃねえか」

「ちぇ、その形《なり》で男なんて詐欺だぜ」

賭けに勝った男は得意満面で、千冬に圧し掛かってくる。酒臭い舌で、べろべろと千冬の顔を舐《な》め回した。

「ん……っいや……っ」

「そらそら、俺が水揚げ客だぞ。さあもっと脚を広げろ」

千冬は混乱と羞恥に体を遮二無二捩《よじ》った。男の荒れた手の平が千冬の尻の円《まる》みを嚙み付くように摑む。

「や——!!」

「はは、こりゃあいい。見ろ、このケツの白いこと。こりゃあ未通子《おぼこ》だな。水揚げの価値が上がるってもんじゃないか」

体を押さえつけられている緋い布団には、幾つも染みが浮いていて、まだ体温の残る、生生しく青臭い体液がべっとりと付いていた。嘔吐《おうと》を感じて、体を捩らせると、横腹を蹴り付けられる。

「てめえ、逃げやがったら海に放り込んでやるぞ。色子の分際で客に逆らうんじゃねえ」

二度、三度、頰を打たれ、頭の中が真っ白になった。

毛むくじゃらの腕が、襦袢の合わせを強引に引き下ろす。唇を切ったのか、血の味が口の中に広がる。複数の男たちの生臭い吐息を間近に感じる。新入り、というのが珍しいのか、彼らは酷く興奮していた。全員で、破瓜《はか》の終わった千冬を貪《むさぼ》るつもりなのだろう。

「顔だけじゃなくて、女みてえな肌だな……まるで練り絹じゃねえか」

満足げに言う誰かの指が、千冬の尻の奥を乱暴に探っている。

あまりに惨い目に遭っているからだろうか。意識は奇妙に冴《さ》えていた。

あの、お守り。千冬の大切なお守り。村から着てきた着物から襦袢に着替えた時、合わせの内側の糸が解《ほつ》れ、小物入れのような穴が開いているのが見えたので、そこに突っ込んでおいた。だから、大丈夫。千冬がどんなに酷い目に遭っても、死んでも、この襦袢を放さない限り、お守りと離れ離れになることはない。

「おい、行灯をこっちに寄せろ。道具《持ち物》も上物か、とっくり皆で確かめようじゃねえか」

「いいねえ、ここにいる全員を満足させなきゃならねんだから、丹念に奥まで調べてやらねえとな。おい、そこに転がっている帯を取れよ。暴れて逃げられちゃ敵わねえ。脚をおっ広《ぴろ》げてしっかり縛っておかねえといけねえ」

「なあに、そのうち、逃げる気力もなくなるさ。ここには十何人って男がいるんだぜ」

下卑た笑いがその場に響いた途端、それまで脱力していた千冬はいきなり体を起こした。目の前にいる男に、渾身《こんしん》の力で体当たりする。乱れた襦袢姿のまま、暗闇を逃げ惑った。

荒い息をつきながら、辿り着いた木壁に身を寄せると、波の音がする。この部屋の真下はきっと海になっているのだ。さっき、千冬が舟に乗って渡ってきた海。その波がどれほど冷たく厳しかったか、千冬は知っている。雪もきっと、降りやんではいないだろう。

「おい、いい加減にしやがれ。逃げ場所なんかどこにもねえんだよ」

千冬を囲む男たちは、獲物がいったん逃げたことでいっそう興奮を募らせ、目をぎらつかせている。今捕まったら、さっきよりもっと苦しい、つらいことをたくさんされるだろう。

千冬は襦袢の胸に手を当てる。お守りはちゃんとそこにあった。

最早帰る家は焼け、村もなくなる。逃げ場などありはしない。助けてくれる人もいない。千冬を待ってくれる家族も、会いたい人もいない。――会えない。千冬には、何もない。

ここで生き永らえたからどうだというのだ。

見ず知らずの男たちにここで死ぬまで嬲《なぶ》られる。玩具《がんぐ》として、死の間際まで弄ばれるのだ。千冬の思考に意味はない。意志を主張する声も、何もかも。

だからせめて、千冬は決めた。

北国の木戸は簡単には開かないが、渾身の力で左に滑らせる。真下には、不吉なほどの黒黒とした波。何の躊躇いもなく、千冬はそこから身を躍らせた。

背中から真っ直ぐに、暗い海へと落ちていく。空から雪が真っ直ぐ落ちてくるのを千冬は見た。

雪は千冬の十五年という人生に似ていた。空から冷たい大地に舞い落ちて、他人に踏み付けられ、泥と混ざり合い汚れていくだけの人生。海に降る雪はまだ幸福だ。水に溶けて、跡形なく消えてしまえるのだから。

千冬は自分の体が水面に叩きつけられ、いったん深く深く、水の中へ沈み込むのを感じた。水は冷たく、全身の皮膚を何万もの針で突き刺されるような痛みに襲われる。しかし、それもやがて麻痺《まひ》して、意識がかすんでいく。

（お母さん……お母さん……）

大量の細かい泡が千冬の体を速やかに水面へと上昇させ、波が沖合の遠くへ、遠くへと千冬を連れていく。

（俺のお守り……）

さっき千冬が飛び降りた木戸からは、男や女が顔を出し、提灯《ちょうちん》で海面を照らしている。しばらくは騒がしかったが、折からの夜闇と降雪に、落ちた色子を拾い上げるのは無理と判断して、早々に木戸を閉めてしまった。

後は波の音だけが聞こえる。

雪の日に生まれたという千冬は、やはり雪の日に死ぬのが当然の定めだと思えた。

ぱちんと、薪が爆《は》ぜる音がした。

「人魚姫の結末っていうのは、いったいどうなるんだったかな」

聞き慣れない青年の声が聞こえた。玲瓏《れいろう》と耳に響く、穏やかで優しい声だった。

ぼんやりと目を開けると、千冬は、どうしてか暖かい寝台に寝かされていた。これまで触れたこともないような、柔らかい枕に暖かく軽い掛け布団。千冬が着ているのは軽くて着心地のいい寝巻き。

足側のずっと向こうに薪をくべた灯――後に暖炉《だんろ》と教えてもらうことになる――があるのに気付いた。眠っている千冬に配慮したのか、室内の照明はすべて消されている。暖炉に燃え盛る炎がそこだけ明るい。その暖かさといったらどうだろう。暖炉の近くにいるわけでもないのに、炎の熱気がふんわりと頬に感じられる。あんなに惜しげもなく薪を使って暖を取るなんて、千冬には信じられないことだった。

びゅう、びゅう、と空気を切るような鋭い音が聞こえる。窓の外を見れば真っ暗だ。聞こえているのは風の音だった。それから遠くに波の音。

いったい、自分の身に何が起こったのか、千冬はまだ夢見心地でどうしても思い出すことが出来ずにいる。

――ここはどこ？

――傍にいるのは誰？

俺はどうしてここにいるの？

自分の置かれた情況がまるで分からなかった。確か、母が死んで、村から連れ出され、舟に乗って。

不安な気持ちで辿り着いた場所で、村は取り潰される、お前に帰る場所などどこにもないと聞かされ、絶望する暇もなく、突然放り込まれた薄暗い座敷。こちらに向けられた男たちの好奇の眼差し、足首にかかった毛むくじゃらの太い指はじっとり濡れていた。思い出そうとすると、途端に猛烈な吐き気と、頭痛に襲われる。

千冬は、あの座敷から逃げたつもりだった。

海に身を投げ、命を捨てることで、この世界から逃げたはずだった。それが千冬が唯一自分で決断出来る未来であったからだ。

死んだと思った。

それなのにどうして——千冬は今、ここにいるのだろう。

「人魚姫は海の泡となり果て、王子様は繻子《しゅす》の靴を履いた隣国の王女様と結婚してハッピー・エンドだ」

「そういうのは、ハッピー・エンドとは言わないんじゃないか？　叶世」

「誰かがハッピーならハッピー・エンドでいいのさ。消極的《ネガティヴ》思考はよくないぞ、伯爵様」

千冬はぼんやりと人の声を聞いている。暖炉の傍に、人影は二つあった。声の様子から、二人ともまだ二十代の若者のようだ。

叶世《カナセ》、と呼ばれた青年は黒髪で、背が高く、暖炉の飾り台《マントルピース》に片肘《かたひじ》をつき、薄い茶色の液体が入ったグラスをのんびりと傾けている。闊達《かったつ》な口調と同じく、生き生きした雰囲気で、長身でしっかりした体つきの若者だと分かる。

もう一人の青年はどこか寡黙な雰囲気で、暖炉の傍の柱に凭れている。そのため逆光で様子がよく分からない。ただ何故か――炎の傍にいるからだろうか？　彼の周囲は金色の粉が振りまかれているかのように、きらきらと煌めいて見えた。

叶世《カナセ》、という黒髪の青年が、傍らのテーブルの上から何かを取り上げた。

「ところで、この襦袢だ」

ぱっと開かれた布地には、千冬も見覚えがある。例の「みせ」で着せられた緋襦袢だった。

「あの子が纏っていたものをメイドに洗わせておいた。この襦袢を見る限りじゃ、ろくな見世じゃないな。見世からの逃走防止に形ばかり緋色の襦袢を着せてはいるが、何年も使い古されてないところもぼろぼろにはならないだろう」

グラスを片手に持ったまま、襦袢を裏返し、縫い糸が千切れ、緩んで襟が外れそうになっているのをもう一人の青年に示している。

「海辺に近ければ近いほど、見世の質が悪くなる。海に近い方が、万一お上の視察があった場合、逃走しやすいだろう？　お上の法令では色子や女郎の水揚げは数えで十七になってからだと決まっているが、あの子はどう見たって十二、三歳ってところだ。あれくらいの年の子を男女の別なく集めて好きモノの客を取らせる河岸見世があると聞いたことがある。あの子は、そこから逃げてきたんじゃないか」

「……なるほど」

薄茶色の髪を揺らし、思慮深げに相槌《あいづち》を打つ。

その声をもっと聞きたいような気がして、千冬は少し、頭を擡《もた》げた。青年二人は千冬が目を覚ましていることにはまだ気付いていない。

海を流れた千冬はこの家の近くの海岸に打ち上げられ、この青年たちに助けられたようだ。

「何にせよ、あの子が起きた時、これがこの部屋にあったらいい気分はしないだろう」

そう言うなり、叶世、と呼ばれた青年は持っていた襦袢を惜しげもなく暖炉の中に放り投げてしまった。

（ああっ）

「――――っ!!」

その瞬間、千冬は掛け布団を払い、寝台から飛び降りた。

しかし、足を床に置いたその途端、右足の爪先《つまさき》から激痛が走り、千冬は柔らかな絨毯《じゅうたん》の上に転んでしまった。

（うう……）

四つん這《ば》いのまま、見れば、右足の爪先には包帯が巻かれている。

青年らは千冬の挙動に気付いたようだ。

「待てよ君、起きちゃいけない。足に凍傷を――」

叶世が驚いたように一歩こちらに近付いたが、千冬は右足の激痛を堪《こら》えながら、よろよろと暖炉に駆け寄る。啞然《あぜん》としている青年らを押しのけて、何の躊躇いもなく、炎の中に両腕を差し入れる。

熱さを今は感じなかった。ところどころ焼け焦げ始めた襦袢を暖炉の中から引っ張り出そうとしたが、叶世に腰を攫われて暖炉から引き離されてしまった。

襦袢はまだ炎の中だ。

(駄目、駄目、その襦袢には――)

しかし、千冬の悲痛な思いは、言葉にはならなかった。

ただ、喉から掠れた呼気が漏れるばかりだ。

(何？　どうして？　声が出ない)

「何だ、いったいいつ目を覚ましていたんだ？」

「…………っ、…………っ！」

千冬は泣きながら、必死になって暖炉の中に手を伸ばす。叶世はそれを許さず、いっそうの力で千冬を暖炉から引き離そうとする。

(駄目、お願いだから放して。襦袢が燃えちゃう……！)

「何て無茶をするんだ。暖炉に手を突っ込むなんて……火傷《やけど》をしたら大変だぞ。眠っている時は気付かなかったが、この人魚姫はずいぶんなお転婆だな」

けれど千冬にその声は聞こえていない。

放して、放して、あのままじゃあれが燃えてしまう。あれはあの子から預かったとっても大切なものなのに、村から唯一持ってきたものなのに。

叶世の腕の中で身を捩り、かぶりを振る。火傷なんてしたっていい。体が全部焼けてしまってもいいから、あれだけは返してほしい。

そして千冬は自分の異常に改めて気付いた。声が——声が出ない。

——どうして声が出ないんだろう——

「分かってる。落ち着くんだ。お前が探してるのはこれだろう？」

咄嗟《とっさ》に振り返ると、千冬の目の前に、小さな袋が差し出された。

千冬の親指ほどの小袋だ。

(これ……！)

千冬は猫が小虫を払うような素早さでぱっと手を伸ばして、その小袋を奪う。よろよろと立ち上がり、彼らを警戒するように背を向けて、お守りを両手で握る。薄紙と油紙で何重にも巻いて、それを端切れで包み、口を茶巾《ちゃきん》のように紐で縛ってある。

中を開けなくとも、袋の上から中身の輪郭を辿れば分かる。この小さな丸い形状。それは、千冬の大切なお守りであり、宝物だった。

――炎に消えてしまったかと、思った。

千冬は小袋に頬摺《ず》りをし、安堵《あんど》の溜息をついた。

途端に右足の痛みが蘇《よみがえ》り、よろめいた体を背後から抱き締められる。

叶世ではなく、きらきらとした色の髪と瞳をした青年だった。

「悪かった、これを燃されてしまうと慌てたんだな？　襦袢を洗濯する折にメイドが気付いて俺に手渡してくれた。中は見ていないが、大切にしているものなんだと分かったから、君が目を覚ますまで俺が預かっておいた」

「何だ、人が悪いぞ玲人。そういうことなら先に話しておいてくれよ。こんな可愛い子に嫌われるなんて寝覚めの悪い」

「話す前にお前が襦袢を暖炉に放り込んでしまったんだ。たまには自分の軽はずみを省みる機会になったんじゃないか」

玲人という名らしい青年が部屋の明かりを点《つ》ける。電気《エレキテル》、というものらしく、頭上の硝子の装飾具――その輝かしさにぽかんと見上げているとシャンデリアと言うのだと、玲人が教えてくれた――は火も入れていないのにたいそうな明るさで室内を照らし出した。

玲人は千冬を抱き上げ、寝台の縁に座らせると、さっき暖炉に突っ込んだ手を取り、検分

している。

「――ああ、無茶をしたのに火傷にはなってないな。よかった。それにしても、この季節に海で溺《おぼ》れて死なないどころか、風邪をひくでもなし、片足の軽い凍傷だけで済むとは奇跡的だと、呼び付けた医師が言ってたよ」

そう言って包帯が巻かれた右足に触れるその人を見て、千冬は呆然としていた。

さっきの暗闇でも、玲人には何かきらきらと眩《まばゆ》い気配を感じてはいたけれど、それは錯覚でも気のせいでもなかった。

この人は、何て美しい人なんだろう。

学識も教養もなく、ただ貧農の手伝いしかしてこなかった千冬には、人の美しさの何たるかなどよく分からない。

けれど、玲人の美貌は神々しいまでのものだった。頬から顎にかけての線、高い鼻梁《びりょう》、切れ長の目。何もかもが端麗で優雅だが、女性のような弱々しさはまったくなく、寧《むし》ろ凜《りん》とした清々しさを感じる。何より印象的なのは、彼の瞳と髪の色だ。それは薄茶色に透き通った色。甘い、花の蜜《みつ》のような色。

いや、もっと密《ひそ》やかで壊れやすい、真夜中に降る、月の光の色。天上から注ぐその金色の気配に、思わずその場にひれ伏してしまいそうな。

「すっかり見蕩《みと》れてるな」

腕を組み、天蓋《てんがい》を支える柱に長身を凭せかけ、それまで黙っていた叶世が揶揄《やゆ》する。千冬と目が合うと、快活な笑顔を見せてくれた。

「自己紹介が遅れた。俺は天城叶世。しがない絵描きだ」

こちらは玲人とは違い、純日本風の艶《つや》のある黒髪だ。自分の立場を明かす口調はざっくばらんで、しかしたいそうなハンサムだということは分かる。しがない、というのは彼の諧《かい》謔《ぎゃく》であり、何に臆《おく》することもない磊落かつ洒脱な雰囲気に、普通の庶民ではないことは千冬にも感じられる。

叶世は恭《うやうや》しさ半分、悪ふざけ半分の仕草で左手を胸に当てると、右手で玲人を示す。

「そして今、君の目の前にいるそちらは玖珂家当主、玖珂玲人伯爵様だ。この屋敷は玖珂伯爵家の別荘で、伯爵様は肖像画作成のためにここに滞在されている」

千冬はすうっと、こめかみから血が引くのを感じる。呆然と、目の前に立つ美しい青年を見上げた。確かに、この水際立った美しさは、同じ人間とはとても思えなかった。

こんな暖かい豪華な部屋で、柔らかい衣服を着て、ゆったりと酒を飲む。

これが――――華族。華族様。

千冬の母を弄び、気紛れに三直村を取り潰して、……船着場で、千冬たちにお菓子を投げ付け、指を差し、笑った。綺麗で無邪気で、とても残酷な人たち。千冬の怒りも、悲しみも、冬には息絶える虫けらか、ちらつく雪程度の意味しか持たない。

玖珂玲人。この人もあの華族様と同じ世界に住んでいるのだ。

「…………………」

今まではただぼんやりしていた千冬の瞳に、突然、憤りと嫌悪が宿った。

華族への怒り。憎悪。

貧しい村の中でも、さらに貧しい母子二人の生活で、野良作業しかしたことのない千冬は、激情というものを知らない。

つらいことばかりで、心から楽しい思いをしたことも、笑ったこともない代わりに、誰かをひどく恨んだこともない。死にかけていたのを助けてもらい、体の調子や火傷の心配をしてもらって、感謝すべきなのに、今、千冬にはそれが出来ない。目の前にいる、この華族という者だけは許せなかった。

母を殺した男より、千冬を村から連れ去った男たちより、あの海辺の「みせ」で千冬に惨いことをしようとした男たちより、ずっとずっと、この人が憎かった。

出来るなら返してほしい。

千冬が失ったものの全部を返してほしい。

千冬の母を――母の遺骨を。暮らしていた村を、千冬の過去と未来を。

千冬は精一杯の憎しみを込めて玲人を睨《にら》み上げた。彼から遠ざかるように、じりじりと寝台の上を尻で這いながら退いた。お守りだけは、決して奪われないよう、胸の前で両手で固く握り締める。

ひどく興奮していて、ひゅう、ひゅう、と掠れた吐息ばかりが喉から漏れた。

（いや、いや。この人の近くにいるのは嫌。華族様なんて大嫌い）

玲人に触られたくない。心も体も。綺麗な顔をしているけれど、この人もきっと母に無体をした華族のように、残酷で冷淡な人に違いない。千冬を助けてくれたのも、きっと何かの気紛れに違いないのだ。

叶世は大雑把そうな言動の割に、ずいぶん敏い人であるようだ。千冬が玲人を見上げる眼差しに尋常でないものを感じたのだろう。

重苦しい空気を払うような軽妙な調子で、千冬に問いかけた。

「それで君は？　名前は何というのかな」

千冬ははっと息を呑み、項垂《うなだ》れてしまう。

答えたくても、声が出ないのだ。

「大丈夫、怖がらなくていいよ。俺たちは、ただ君の名前が知りたいだけなんだ。俺も玲も、無理に『見世』に連れ戻すような真似はしないよ。君をこの屋敷に預かった以上、不自由させないのが俺たち年長の人間の義務だ」

寝台の柱に手をついたまま、身軽に千冬の顔を覗き込む。

叶世の言葉は優しく、千冬は何だか泣きそうになる。その優しさに応《こた》えたくて、自分の名前を口にしようと何度も頑張ったが、本当に声が出ない――

　千冬は何とかそれを訴えようと、喉に手を当てたり、口を池の魚のようにぱくぱくと開閉させたりしてみせた。

「――どうした？　喉を痛めてるのか？　さっきの医師に見せればよかったな」

「待て、叶世」

　玲人が叶世の肩を摑み、千冬から引き離した。玲人がその色素の淡い瞳で千冬を見詰める。

　千冬は一気に緊張した。

「お前は――口が、利けないのか？」

　異常に気付かれて、千冬はどきりとする。千冬は不安に涙がいっぱいに溜《た》まった目で、玖珂伯爵――玲人を見上げる。

「こんなに怯えた素振りなのに、さっきから、言葉どころか悲鳴一つ上げていない。声が出ないんじゃないのか」

　寝台の中央で膝を抱え、身を縮めている千冬は悔しさに涙が零れないよう必死でいた。

　華族などに、弱味を悟られたくなかった。涙なんて見られたくなかった。玲人は千冬の警戒しきった表情を気に留めるでもない。千冬の真正面に立つと、ごく穏やかな声音で問いかけた。

「生まれつき、そうなのか？」

玲人に問われて、千冬は膝を抱えてかぶりを振る。

「そう、では突然言葉が出なくなったんだな。だが例の、緋襦袢を着せられる前には、ちゃんと話すことが出来た。違うか？」

「…………………」

華族様に弱味を晒すのは嫌だったけれど。少し悩んで、こくりと頷いた。

「そうか、分かった。明日もう一度医師を呼んで診察をしてもらおう。それにしても――余程恐ろしい目に遭ったんだな」

寝台の縁に座り、彼はこちらに手を伸ばして、ぽんぽん、と千冬の後頭部を撫《な》でてくれた。玲人の声が思いの外優しいような気がして、恐る恐る彼の顔を見上げる。その瞬間、千冬は息を呑んだ。

暖炉からの明かりを反射し、見詰めた玲人の瞳が――

「――――‼」

(いやっ‼)

千冬は思わず、今頭を撫でてくれた玲人の手を振り払う。そうして、両手で、ベッドの縁に腰掛けていた玲人を思いきり突き飛ばしていた。しかし、玲人の体は細身に見えて強靭《きょうじん》で、千冬は跳ね飛ばされるようにして寝台から転がり落ちそうになる。

「危ない！」

背後から両腕を掴まれて、玲人の腕の中に包み込まれるように寝台に引き上げられる。しかし千冬の心はすっかり混乱していた。いや、いや、と激しくかぶりを振り、振り上げた右手の爪《つめ》が、玲人の頬を引っ掻《か》く。

「…………っ！　――――――！」

――緑。玲人の瞳が、今、緑色に輝いて見えたのだ。

人間の目が緑色に光るなんて有り得ない。髪も瞳も、月の光のように美しい金褐色をしていると思ったけれど、緑色の瞳なんて、まるで子供の頃に聞いたことのある物の怪《け》のようだ。千冬は立てた膝に額を擦《こす》りつけ、頭を掻き抱いてぶるぶる震えていた。千冬のあまりの狂態に、玲人は何かを悟ったようだ。

「……ああ、悪かった。異人との混血を見るのは初めてか」

玲人はそう言うと、叶世に千冬を寝台に横たえてやるように言って、自分は速やかに寝台から離れる。

千冬にはその意味がよく分からなかった。ただ、玲人は自分の瞳の異色を見た他人のそんな反応にはとうに慣れたという風で、怒った素振りもない。突き飛ばす際に千冬が引っ掻いた右頬に手の甲を当て、そこに僅かに血がついているにもかかわらず、それほど気に留めた風でもない。

華族様というのは平民などに傷つけられてもきっとこたえないものなのだ。だから他人を傷つけても、心の痛みなどきっと感じないのだ。

千冬はますます、玲人のことが綺麗なばかりの冷血漢のように思えた。

「今日のところは、取り敢《あ》えずここに寝かしつけておこう。さっき医師が睡眠薬《くすり》を置いていったろう？」

そう言ったのはこれまで黙って事の成り行きを見守っていた叶世だ。ベッドの傍にあるテーブルの上から水差しを取ると、硝子のコップに水を注いで千冬に白い錠剤を二つ、飲ませる。玲人ではなく、叶世が傍にいてくれるとほっとする。彼の言うことなら、素直に聞くことが出来る。

でも、叶世の言葉によれば、ここは玲人の屋敷なのだ。

玲人の世話にはなりたくない。華族の施しを受けるなんて絶対に、絶対にごめんだ。それくらいだったら、ここから逃げ出したい。あの「みせ」に帰った方がいいとすら思う。

それなのに――千冬は抗《あらが》いがたい眠気を感じていた。こしこしと、手の甲で瞼《まぶた》を擦る。

「さあ、風邪をひかないように。ほら、もうすぐに眠くなってきたろう？　逃げようなんて、諦《あきら》めるんだな」

さっき飲まされたのは眠り薬であったらしい。逃げたい、という気持ちを見透かされてしまっていたのだ。叶世が掛け布団をかけてくれる。その様子を、玲人は寝台から少し離れた場所で、腕組みをして眺めているようだ。

遠くから、ぼんやりと玲人の声が聞こえた。

「俺はここで退散しよう。叶世、ちょっと来てくれ」

青年二人は出口に向かっていく。扉が閉められる音が聞こえた途端、緊張の糸がふっつり絶える。千冬は泥のような眠りに落ちた。


千冬に与えた客間を出ると、広い廊下の向こうが四階まで吹き抜けの階段室になっている。玲人は木製の手摺りに頬杖をついた。

廊下には白百合《しらゆり》を模した硝子のランプが随所に掲げられ、広い空間に蜜色の光がたゆたっている。

手摺りの指が触れる部分は飽くまで滑らかに、飴《あめ》色に磨き抜かれ、側面には当時の職人が技術を凝らした抽象柄の浮き彫り《レリーフ》が施されている。手摺りから真下を覗き込むと、緩やかなカーブを描く階段となっており、敷かれた鮮やかな緋毛氈《もうせん》の縁には玖珂家の家紋である野菊の花がエキゾチックな雰囲気で織り込まれている。

この屋敷の一角を見ても分かる通り、祖父には建築には相当な拘《こだわ》りがあったらしい。この別荘には様々な仕掛けがしたいからと山林を一つ挟んだあちら側の別荘地に建てるのを嫌い、この海を見下ろす崖の上を選んだのだ。

東京の実家はさらに豪華絢爛《けんらん》なものだ。時流に乗った、玖珂家の事業はますますの躍進を見せ、玖珂家が擁する財産・権力はいっそう莫大なものとなりつつある。この別荘はもちろん、それらすべては華族令に従って、爵位を継いだ玲人が祖父から相続したものだ。孫とはいえ、不肖の息子と異国から来た娘との間に生まれた子供に自分が築いた何もかもを与えることは祖父にはさぞ業腹だったろう。

この別荘は、祖父の強欲の象徴だ。伯爵号を受け継いだ時、この別荘を取り壊してやろうかと思ったが、玲人が玖珂伯爵として好きに使い続けるのもまた復讐になるのかと、敢えて今も使い続けている。

いや、その後、玲人は身の毛もよだつ祖父の裏切りを目の前に突きつけられるのだからお互い様というわけか。

そんなことを考えながら手摺りに頬杖をつくと、その隣の叶世は、ブランディの入ったグラスを片手に、背を手摺りに凭せかけている。互いに長身なので、ちょうど視線が合う高さだ。

「叶世、あの子をどう思う？」

「うん、気に入った。何とも可愛い顔をしている。ただ可愛いばかりでなく、社交界のご令嬢方の高慢な美しさとは違う、物憂い儚《はかな》さがある。伯爵家の拾い物にしては上出来だ」

いつもながら能天気な幼馴染みに、玲人は溜息をつく。

「そういう話ではなくて…あの子は見世に返さないといけないのか？」

「うん？　そうだなあ……」

いつもふざけているとはいえ、こういう時は、叶世は確かに一歳年長の思慮深さを見せる。玲人も二十歳《はたち》を超えた成人男子だ。一通りの恋愛作法は知っているし、花街での遊びも知っている。だが叶世ほど色事に詳しいわけではない。

「お前はどうしたいんだ？　あの子を助けたのはお前なんだから、お前の好きにすればいい」

「どういう経緯であの子が花街に売られてきたのか分からないが……あんなに幼くて言葉すら失ってる子供を、海で拾いましたと花街に返すつもりにはなれないな」

「ふうん……」

意外そうに目を見開く。叶世が言いたいことは分かる。

子供の頃からの付き合いだが、厄介《やっかい》事や揉《も》め事に先に首を突っ込みたがるのは決まって叶世の方だった。玲人が子供を拾い、しかもそれを傍に置きたいなどとは常ならないことだ。

玲人の不機嫌――照れをすぐに悟って、叶世は面白おかしそうににやにやと笑っている。

「怒るなよ。からかってるわけじゃない。何にでも無関心の伯爵様が、足抜けした色子を匿《かくま》おうなんて珍しく積極的なこともあるもんだと思っただけだ」

「俺が面倒くさがり屋の無関心であることは認めるが、冷酷非道であるわけじゃない。あの子を海岸で拾ったのは何かの縁だろう。せめてあれの声が戻るまでは傍に置いてやるのが義務だと思う。その後は、真っ当な奉公先を見つけてやれたらいいと思ってる」

声が出ないというあの子を、つい母と重ねてしまっているとは、玲人は敢えて言わなかった。

言わずとも、叶世には見透かされているはずだからだ。

「俺も、あの子を花街に返す必要はないと思う。どうせ親がないのをいいことに、いい加減な口八丁で騙《だま》して攫ってきたようなもんだろう。花街じゃよくあることさ」

「……親がない？　両親を亡くしてるのか？」

「少なくとも、庇護《ひご》してくれる大人がまったくいないということだ」

玲人の瞳は、ランプの穏やかな明かりを受けて今は完全な翡翠色に見えた。深い思索に耽《ふけ》り、やや俯《うつむ》き加減になると、稀少な色が明らかになる。

「追っ手の心配はない。昨日の寒気だ。見世側はあの子を死んだと思っているだろうし、何より花街で、客を取らせるのは十七になってからと決められてる。あの子が本当は幾つなのか、正確にはまだ分からないが、どこの見世で働いていたか追及すれば厄介に思うのはあの子を使っていた見世の方だ」

「それならいい」

玲人は表情を変えるでもなく、ぽつんと呟いた。

「それから、あの子には、俺が助けたことは告げないでくれ。俺はどうも、あの子に嫌われてるらしいから」

「ふうん。どうしてそう思う？」

「口も利けないし、気が弱そうな、儚げな子だと思ったのに、華族、という言葉にはっきりと反感を示した。どこぞの同胞《はらから》が、あの子の恨みを買うような真似をしたらしいな」

「連帯責任というやつか。華族様も大変だな」

俺は平民でよかったよ、と叶世は肩を竦める。

とはいえ、風来坊の如く放浪癖のある彼も、世間的には大財閥の御曹司であり、社交界などでは生半可な華族より遥かに丁重に扱われる存在だ。本人はそれをありがたくも喜ばしくも思ってはいないようだが。

「だがそれだけじゃない。多分、俺の瞳が緑に光るのを見られた。異人との『混血』か。相変わらず、俺はどこか化け物めいてるんだろう」

「よせよ、玲」

叶世が常ならず、強い語調で玲人の言葉を遮る。

「まったく、その自虐癖だけはいつまで経《た》っても治らないな」

叶世が腕組みをし、そうして、嘆かわしそうに溜息をついた。叶世の悪ふざけを冷ややかに制するのはたいてい玲人だが、玲人が自虐めいた言葉を口にすると、途端にその立場は逆転する。

叶世は先ほどの客室から持ち出していたグラスに口を付け、飲み慣れた酒を苦々しそうに嚥下《えんか》する。

「玲。もう過去に拘るな。お前は今、立派に爵位を継いでる。大学での成績も優秀で、お祖父様が創った会社は今でこそ創立以来の重鎮が指揮を執っているが、彼らも正当な後継者であるお前にたいそう期待をかけているそうだ。社交界に出れば押しも押されもせぬ貴公子として名高く、俺たちがテイルコートを纏ってそろって夜会に出た時の、ご令嬢方や淑女方のうっとりとした表情を何度も見ているだろう？　幼馴染みとして俺はお前が誇らしいよ。誰もがお前を当代玖珂家の伯爵だと認めてる。お前は堂々と胸を張って生きていいんだ」

子供の頃、殴り合いの喧嘩をして友情を築き、大人になった今も、叶世はいつも、そういった強い言葉で玲人を励まし、鼓舞しようとする。

無気力でとにかく何事にも関心を持とうとしない玲人と親しくしていられるのは、叶世が並外れて賑やかで豪放磊落な性質だからだ。それでいて、恐ろしく辛抱強い。

常人ならば、玲人の美貌や地位に惹《ひ》かれながらも、玲人のあまりの空疎さに怯《ひる》んで立ち去ってしまう。恐らく、華族という特権階級には叶世のような気質の人間が一番適《かな》っているのだろう。

だが、玲人は叶世に感謝しながらも、自分の無気力からは逃れられない。

何故なら、光が当たっているのは現在の玲人だけだ。

――では、俺の過去は？　未来は？

異人との「混血」。

子供の頃から何度もそう罵られ、石をぶつけられた。異国の血の混じった、緑の瞳をした化け物。

それでも玲人が祖父の元から逃げ出さなかったのは、玖珂の姓を名乗るに相応しい人間となり、爵位を継げばきっと母に会わせてもらえる。そう信じたからだ。

祖父は玲人が気に入らない真似をする度に、その杖で玲人の体中を殴った。祖父が愛用していた杖、あれは身体を支えるために持っていたのではなく、玲人を殴るために持っていたのではないかとさえ思っている。

祖父の病気が進み、とうとう自力では寝起きが出来ないようになっても、祖父は爵位を手放そうとしなかった。今わの際まで、玲人に自分のすべてを譲ることに得心がゆかなかったらしい。

それでも祖父が亡くなり、授爵の儀を終えるなり、玲人は母を探した。だがそこで玲人は衝撃的な事実を知る。伯爵号を継げば母に会わせてやる、という祖父の言葉は大嘘だった。

しかも、祖父はさらなるおぞましい形で玲人を裏切っていた。

若き伯爵となった玲人の混乱と戸惑いはそれだけで終わらなかった。

たった十年で時代は移ろっていた。西洋文化は日本に浸透し、人々は欧米諸国の優れた文化に憧れ、その血を引く玲人を憧れの眼差しで見るようになった。まるで手の平を翻したように。

混血児と罵られた玲人の子供時代など、まるで存在しなかったように。

過去ですらそうなのだ。もっと曖昧《あいまい》な、今は形のない未来が、さらに悲惨なものにならないなどと誰が保証出来るだろう？

たとえばその不幸に、身近にいる誰かを巻き込まないと誰が言える？

いずれ、今傍にいるこの気持ちのいい幼馴染みとも離れなくてはならない。そんな日がやって来るのではないか。

そう思うと、本当に何もかもがどうでもよくなってしまうのだ。

玲人は叶世に気付かれないよう、小さくかぶりを振る。さらり、と金褐色の髪が揺れた。

「叶世、朝まであの子の傍にいてやってくれ。つらい目に遭ったばかりなんだろう。悪い夢を見ると可哀想だ」

玲人は自分の寝室に向かい、踵を返した。叶世は片手を上げ、短く応じる。

「ああ、分かった」

「いくら寝顔が可愛くても、おかしな悪戯《いたずら》はするなよ」

「それは保証出来ないな」

にやりと笑う幼馴染みに、玲人は冷ややかな視線を向ける。

「……護衛にヒューベリオンをつけよう。あいつは利口だから、お前が悪さをすると吠え立てて嚙み付いてくるぞ」

そりゃおっかない、と叶世は肩を竦めて、海辺で拾った人魚姫が眠る客室に戻っていった。


幾千もの薄青い泡が周囲から立ち上り、千冬は水底から浮上する。

海面に降り頻る真っ白な雪。人々の怒鳴り声、提灯の灯火《ともしび》。

そうだ、これはあの時——男たちに襲われて、窓から海へ身を躍らせた後の記憶。あの時、水は冷たくて、皮膚は細かな何千本もの針で刺されているかのように痛くて。心と体を目茶苦茶に踏み躙《にじ》られそうになった事実、それが悲しくて。

でも、今は痛くない。

ただ、体を包む布地が暖かい。気持ちが良くて、ずっとこうして体を横たえていたい。

少しだけ。いつもの自分の世界にすぐに帰らなければならないことは分かっているから。

ごめんなさい、ごめんなさい。あともう少しだけ、こうさせていてほしい。

だが千冬は、耳のすぐ間近で、はっ、はっ、という生温かい吐息を聞いて、ゆっくりと覚《かく》醒《せい》した。千冬は寝台の上でぽっかりと目を開ける。

目に入ったのは立派な天蓋。視線を巡らせると、大窓がずらりと並び、正午に近い陽射《ひざ》しがたっぷりと室内に溢れている。

ここは――そうだ、玖珂伯爵様の別荘の、一室だ。

明け方に、一度目を覚ました時、叶世、という例の黒髪の青年が傍についてくれていて、そして教えてくれた。

千冬は昨日の朝、この別荘の近くの海辺に流されていたのを、叶世に見付けられ、助けてもらったということだった。千冬の声が出ないことをひどく不憫《ふびん》がってくれて、せめて声が戻るまではここにいればいいと言ってくれた。

しかしここは伯爵様の屋敷。華族様の家だ。

華族様の世話になどなりたくない。玲人がどんな人物なのか知らないし、知りたくもない。一晩寝床を借りたことにすら、忸怩《じくじ》たるものを感じる。

千冬にだって、それくらいの気概はある。

一応同じ平民という立場だからなのか、叶世には千冬のそんな気持ちが伝わったらしい。

「玲人のことなら気にする必要はない。俺と奴は幼馴染みってやつでね。この別荘も我が家同然に使わせてもらってる。俺が客を招くのも泊めるのも俺の自由。君は何の遠慮をする必要もない。今は、その右足の怪我《けが》の養生と声を取り戻すことだけに専心するといい」

見れば、千冬の右足の凍傷は、まだじくじくと痛む。水疱《すいほう》がいくつも出来ていて、それが熱を持っているのだ。

昨日、無理をして暖炉まで走ったのがいけなかったのかもしれない。立つにも歩くにも、支えが必要な塩梅《あんばい》だった。

「さ、その怪我を治すためにもきちんと食事をしよう」

眠っている間、千冬の腹はずっとくうくうと音を立てていたらしく、叶世にからかわれてしまった。

彼はメイドを呼んで、粥《かゆ》が入った土鍋を運ばせてくれた。膝に置かれた漆塗りの盆の上で土鍋の蓋が取られ、湯気が掻き消えるなり、千冬は心底びっくりしてひっくり返りそうになってしまった。

なんと、土鍋には白米で炊かれた粥が入っていたのだ。あまりの贅沢《ぜいたく》に、目を見開いたまま硬直している千冬に苦笑して、叶世は手ずから陶器の匙《さじ》を取り、千冬に粥を食べさせてくれた。

その何と美味かったことだろう。

千冬はお腹がいっぱいになり、叶世に見守られて、またぐっすりと寝入ってしまった。

これまでは、食うや食わずの生活で、どんなに寒くとも、藁筵《わらむしろ》の上で眠り、ほとんど綿の入っていない布団を被《かぶ》って、母と寄り添って眠った。毎日毎日、空腹で、疲れきっていて、けれどそれが千冬には馴染んだ日常だった。

もしかしたら千冬は海に落ちた時、死んでしまったのではないだろうか。

ここは、死んだ人間が御仏様に導かれて辿り着くという極楽なのではないだろうか。

憎むべき、華族の屋敷で世話になっていると思うより、その方がずっといい。

粥を食べさせてくれた叶世は今はもう室内におらず、千冬は右足に疼痛《とうつう》を感じながら体を起こす。

——足が治ったらここを出ていかなくちゃいけない。

そう呟いたつもりだったが、声が出ないのだと思い出した。両手を握り締め、喉に力を入れて、声を絞り出そうとする。しかし、唇から漏れたのは、掠れた吐息だけだった。

「………、———………」

千冬はがっくりと肩を落とす。このまま一生、声が出なかったらどうしよう。

そんなことを考えながらふと視線を巡らせると、寝台の傍で千冬を見詰めている、黒い瞳に気付いた。寝台に顎を載せているのは、長い耳が垂れた、金褐色の毛並みの、面長の……動物。大きな脚の長い……、犬?

(……………)

それが、寝台に顎を載せて、口元から長い舌を覗かせ、はっ、はっ、と息を吐きながら黒い瞳でじっと千冬を見ているのだ。この吐息を聞いて、千冬は目を覚ましたのだった。

千冬は緊張して、こくんと喉を鳴らした。

(い、犬……かな？　ほんとに？)

千冬は驚いて、体を起こしたまま硬直して、その犬と目を合わせていることしか出来なかった。

犬。でもこんな犬、見たことがない。

千冬が見たことのある犬といえば、耳がぴんと立って、硬い焦げ茶色の毛並みのもっと小型の犬ばかりだ。

千冬は恐る恐る、手を伸ばして、その金褐色の頭を撫でてみた。警戒されて噛み付かれるかもしれないと思ったが、犬は目を閉じ、心地よさそうにしている。

(……わあ、つるつる、気持ちいいな)

何度か頭部を撫で、右耳も軽く撫でてやる。すると、犬は気持ちがいいからこっちも触って構わないぞ、というような高慢な仕草で、左の耳をこちらに向ける。

(わあぁ……、柔らかいんだ……)

千冬はうっとりとしながら、しばらくその毛を撫でていた。ずっとそうしていたいくらいの心地よさだったが、それまでおとなしくしていた犬が、一瞬、ぴくんと耳を震わせた。そして踵を返して真っ直ぐに、開きっ放しだった扉に向かう。

「…………………」

千冬は寂しい気持ちになって、犬の後ろ姿を目で追いかける。犬はその長い脚を、扉の手前で止めて、首だけ振り返ってこちらを見やった。何なら一緒に来るか。来ないなら別に構わないが。まるでそう言うように千冬を一瞥《いちべつ》して、すいと廊下に出ていく。

千冬は動物が大好きだ。村で時折見かける、真っ白な兎《うさぎ》、まだ爪が鋭くない小熊、狐。あの犬も、もっともっと触ってみたい。

千冬は恐る恐る、寝台を下りた。凍傷を負った右足にはまだ厳重に包帯が巻かれており、体重をかけると鋭い痛みを感じる。寝台の支柱や壁に手を添えながら、何とか部屋を出る。

(犬、どこ……?)

廊下に出て、千冬は息を呑む。千冬が寝かされていた部屋も豪奢《ごうしゃ》なものだったが、その扉を出るといっそう広々とした、重厚な空間が広がっていた。天井が高く、長い長い廊下には落ち着いた色合いの柔らかな絨毯が敷かれ、ところどころに猫脚のテーブルが置かれて美しい花がどっさりと生けられている。扉や柱、目の前の階段の手摺りは飴色に磨かれている。

勝手に屋敷の中をうろうろしたら、誰かに叱られるかもしれない。

部屋に帰ろうか、と悩んだが、ふと見れば、手摺りの端を曲がったところでさっきの犬の、ぷい、と揺れる尻尾の毛先だけが見えた。ととん、ととん、と長い脚で階段を下りる軽快な足音が聞こえる。千冬は手摺りを摑み、右足を引き摺りながら、それを追った。

(待って、待って)

斜めに下る手摺りに凭れながら、千冬は右足を庇《かば》いつつ、何とか階段を下りる。不自由な歩き方に、寝巻きの裾が乱れ、額には汗が浮いた。

階段を下りきると、犬の姿はもう見えなかった。千冬は困惑して、おろおろと周囲を見回す。犬を探して方々を歩くうちにだんだんもと来た道筋が分からなくなり、どこへ続くのか知らないまま、行き当たった両開きの扉を開けた。

それは外部へ繋がっていて、半円《アーチ》を描く回廊が庭のずっと奥まで続いている。足元は石畳だ。

（さっきの犬、どこへ行ったんだろう……）

乱れた寝巻き姿のまま、千冬は石畳の上を右足を引き摺りながら歩いた。包帯はすっかり緩み、凍傷でこさえた傷に当てられたガーゼが剝き出しになっている。

今日は雪は降っておらず、そう寒さは感じない。だが人の気配もしなければ、追いかけた犬がいる様子もない。建物の中に帰ろうか。

——それとも——

（このまま、このお屋敷を出ていこうか……）

叶世は気にしなくていいと言ってくれたけれど、ここは華族様のお屋敷なのだから。この屋敷で、このまま玲人の世話になるのは、苦労して千冬を育ててくれた母に対する酷い裏切りのように思える。母に申し訳なくて、悲しくなる。

何より、このお屋敷は美しすぎて、立派すぎて、千冬はただ、切なくて泣きだしたくなるのだ。

ここは自分の居場所ではない、千冬の居場所はもうこの世にはないと思い知らされる。

項垂れ立ち尽くす千冬は、厳寒の空気がいっそう冴え渡るような、澄んだ音色を聞いた気がした。回廊のずっと向こうから聞こえる、地鳴りのような低い音は、きっと波が寄せる音だろう。千冬は叶世に、波打ち際で拾われたと聞かされている。けれど——

り・り・り・りん、りん、……りん、り、り——

「……………?」

風が起こる度に聞こえる。これは何の音だろう。

昔、村長の家で見せてもらったことのある、風鈴の音に似ている。けれど今聞いているこの音色は、何か懐かしい、旋律を奏でているようなのだ。

千冬は回廊の石畳を出、雪解け水でぬかるんだ庭地に出た。庭木は丹念に手入れされ、千冬の腰の辺りまでの庭木が茂っている。それを抜けて、千冬ははっと息を呑んだ。

庭木の向こうは、芝生が茂るなだらかな空間になっていた。そこには千冬が両腕で作った輪ほどの大きさの金色の風車が縦に設置されており、風に吹かれて回転している。その風車が回る度に、先ほどから聞こえる、り、り、り、という音がする。

いったい、どういう仕組みになっているのだろう。

千冬は少年らしい興味を引かれ、風車に近寄ったが、すぐに表情を強張らせてしまう。風車の傍には石造りの丸い椅子が置かれており、そこには例の青年が座っていたからだ。

白いシャツ一枚という薄着で、金褐色の髪を風に揺らしている。風車の音色を聞いているらしい。

そして、その足元にはさっき千冬が追いかけていた大型犬がすっかり気を許した様子で鎮座している。玲人はすぐに千冬に気付いた。

「……やあ、起きていたのか。叶世は一緒じゃないのか？」

「…………………」

千冬は左足を支えに、ゆっくりと後退した。玲人は椅子から立ち上がり、ごく恬淡《てんたん》とした様子でこちらに近付いてくる。その両腕が差し出され、千冬は昨日と同じく、反射的にぴしゃ、とその手を思いきり振り払った。ところが、昨日は千冬の拒絶にすぐに体を退《ど》けてくれたのに、玲人は今、千冬の体をひょいとその腕に抱き上げてしまう。千冬は驚いて、目をくるくるさせた。

昨晩は、玲人に手加減をされていたことに気付いてしまう。

(放して、放して)

「………！　………！」

「失敬、怒るなよ。だが右足の包帯が解《ほど》けてる。怪我をしているのに、ぬかるんだ土の上を歩くのはいけない。破傷風にでもなったら事だ」

そう言って千冬を抱いたまま、先ほど千冬が歩いた回廊へと向かう。千冬が玲人との接触を嫌っているのをもちろん彼は承知で、柱に凭れさせるように、千冬を石畳の上に下ろした。

千冬は真正面から玲人と向き合い、困惑した気持ちで俯いた。だがその視線は、二人を追ってくる大型犬に向いてしまう。

「あれはヒューベリオン、ロシアの猟犬だ。ロシア大使が帰国直前に飼っていた雌犬《めすいぬ》がヒューベリオンを産んで、赤ん坊では長い船旅に耐えられまいと処分されかけたのを俺が貰い受けた。大きいが、これでも二歳だ。遊びたい盛りだから、いつでも相手をしてやってくれ」

それから、玲人はボトムのポケットに入っていたものを取り出すと、千冬に差し出す。

「さあ、これを貸そう。持ってご覧」

千冬はさっと手を背中に隠した。

玲人から何も受け取りたくない。ヒューベリオンは可愛いし、一緒に遊んでみたいけれど、華族様から施しを受ける謂《いわ》れはない。

声が出るならば、罵ってやりたい。

華族様だか何だか知らないけど。言いなりになんてならないから。

華族様なんて大嫌い。

——全部、全部。千冬の何もかもを返してほしい。

だが、玲人の手元からちりん、と音がして、千冬は目を見開く。誘われるように顔を上げて、玲人の手元を見る。それは三角に膨らんだ金具に木の取っ手の付いた、不思議な楽器のようだった。

「綺麗な音だろう。真鍮《しんちゅう》の器の中に、鉛の打ち玉が入ってる。手に持ってご覧」

千冬は困惑してしまった。

触っていいのだろうか？　こんな綺麗な、可愛らしいものを千冬が？

いや、それより玲人の差し出すものを受け取ってもいいのだろうか？

何度も何度も玲人と楽器とを見比べて、けれど千冬はちりん、ちりん、というその可愛らしい音色の誘惑に負けた。手が汚れているかもしれないから、着ている寝巻きの腰辺りで手の平を拭う。

それから恐る恐る、両手を伸ばし、その不思議な鳴り物を受け取った。取っ手を持って、ぶんぶん、と振り回したが、さっき玲人が鳴らしたような可憐な音がしない。どうしてだろう？　首を傾《かし》げると、玲人は微笑した。

それは千冬には思いも寄らない、優しい笑顔だった。

「取っ手はなるべく上の方を持って、ゆっくり振ってご覧」

言われるままに取っ手の上部を持ち、もう一度、振ってみる。ちりん、と音がする。

千冬は少し、笑顔になった。ヒューベリオンも興味深そうに顔を上げ、千冬の手元を見て

いる。

「西洋の鈴――ハンドベルというんだ。はいと答えたい時は一度、いいえと答えたいときは二度、振るように。最低限の意思疎通はこれで叶うだろう」

そうして、千冬の寝巻きの帯の間に挟んでくれる。上向きになったベルが、千冬が歩く度にちりちり、と音を立てる。

信じられないことに、玲人は千冬にこれを貸そうと言っているのだ。

でも、こんな綺麗なものは受け取れない、と言おうとしたが、千冬の声は未だ微《かす》かにも漏れず、自己主張は叶わない。

(どうしよう、華族様なんかに親切にされるなんて)

「寒くないのか?」

千冬は少し躊躇った後、こくこくと頷いた。千冬の感覚では、寒い、とは凍死するかしないか、を基準にする。粉雪がちらつく程度のこの気温は寒いとは言わない。

それよりも、玲人は寒くないのだろうか。

華族様なのに、立派な外套《がいとう》を纏う様子もなく、あっさりした薄着で、そちらこそ寒そうに見える。玲人はそれを悟ったように微笑した。

「俺は子供の頃、ここよりももっと北の国で育ったから平気なんだ。これくらいの寒さは、寒いとは思わない」

（……あ、俺とおんなじ……）

思わず千冬が目を見開くと、玲人は千冬の瞳を覗き込む。

千冬はその美しい、金色がかった瞳から目を逸《そ》らせない。

「俺には西洋の血が入ってる。髪や瞳の色素が淡いのはそのせいだ。光の具合で、瞳が緑に見えることもある。昨晩、それでお前は驚いたんだろう？」

急いで帯からベルを取り出し、ちりん、と鳴らした。

（昨日のこと、謝った方がいいのかな……）

華族様なんて大嫌いだけど、千冬の昨日の行いはいけないものだった。玲人を突き飛ばした上、顔を爪で引っ掻いてしまったのだ。今もうっすらと、その跡が白皙《はくせき》に残っている。

でも、何となく素直になれずに、千冬は玲人からぷい、と顔を逸らした。

（別にいいんだ。だって俺を助けてくれたのは、この人じゃなくて叶世様なんだから）

叶世のことは好きだ。叶世にならありがとうございますも、ごめんなさいも、素直に言えるけれど。玲人にそうする義理は、ないと思う。

玲人は千冬の頑《かたく》なな所作に、苦笑したようだ。

「さあ、帰ろう。いくら寒さは平気といっても、万一風邪をひくといけないし、右足の手当てもしよう。それに、そろそろ昼食の時間だ」

振り返ると、短く指笛を鳴らす。

「ヒュー、叶世を連れてきてくれ。海辺でスケッチをしているはずだ」

利口なヒューベリオンは、主の命を聞くなり海鳴りの聞こえる方角へと駆けだしていった。その方向から、さっき千冬が惹かれた、り、り、り、と澄んだ音色が聞こえてくる。風が強くなると、それは、りりり、と旋律を速める。

「あれは風奏琴だ。異国で造られた仕掛けだよ。この屋敷には色々と、音色の鳴るものがあちこちに置かれている。この屋敷を建てた祖父の自慢の品々だ」

玲人は説明してくれた。

風奏琴は金属の鳴り仕掛けで、根幹の円筒にちぐはぐに真鍮の羽根が取り付けられている。傍に設置された二本の細い柱を繋ぐように張られた弦を羽根が弾《はじ》き、決まった旋律を奏でるのだ。

その風奏琴が奏でるのは「かなりや」という曲なのだと、玲人は教えてくれた。

「オルゴォルと同じ仕組みだ。もう少し天気が良くなって暖かくなったら、ゆっくり見せてやろう」

オルゴォル、と言うものも、千冬にはよく分からなかったが、螺子巻き式で音楽を鳴らす小さな仕掛けなのだという。世の中には摩訶《まか》不思議な、綺麗なものがたくさんあるのだ。

この屋敷を出ていかなければという強い気持ちを忘れて、千冬はすっかり玲人の話に聞き入ってしまう。

ここは何と不思議なお屋敷なのだろう。海際にある、西洋様式の豪華絢爛な館と、誇り高そうな大型犬。広い庭に、長い長い石の回廊、風が吹く度に音楽を鳴らす風奏琴という仕掛け。そして居住まいの堂々とした、美しい住人たち。千冬が見たことも聞いたこともない、美しいもので溢れている。

「ああ、それから」

玲人は千冬の体重を預かるように手を引いて、回廊を歩く。千冬の手はすっかり強張っていて、それに玲人が気付いていないはずはないのだが、彼は白いシャツに包まれた真っ直ぐな背中を向けたままこう言った。

「理由は聞かないが、お前が華族を嫌っていることは分かる。俺のことも気に喰わないんだろう。この屋敷を出ていきたい気持ちも分かるが、声を取り戻すか、せめてその足の凍傷が治ってからにするといい。お前を拾ってきたのが俺の幼馴染みである以上、お前の世話をしてやるのが俺の義務だ。突然いなくなられたのでは目覚めが悪い」

千冬は赤面して、きゅっと唇を噛んだ。確かに、この足では寝かされていた部屋からこの庭に出るのがやっとだ。しかも千冬は、一目で寝巻きと分かる着物を一枚纏っているばかりだ。外に出れば、道行く人に不審がられるのは明らかだった。

ふと先ほど歩いた庭先を見ると、大粒の雪が降り始めている。間断なく聞こえている海鳴りが、一瞬遠ざかった気がした。

一階の正面玄関にあるという大時計が、十二時を知らせる鐘を打っている。

昼食の時間だというので、千冬は居間に連れていかれた。広大な屋敷の一階部分約三分の一を占めるという広さだ。暗い赤色《ガーネット》が基調とされており、暖炉の前と、グランドピアノの傍にそれぞれソファセットが置かれ、ところどころの花台には、青磁の花瓶《かびん》や蜜色の笠《かさ》を持つ西洋ランプが飾られている。壁際には天井まで貫く書架がずらりと並んでおり、それらが素晴らしい調和を持って重厚な雰囲気を醸し出していた。

居間の一番奥が八角形のサンルームになっており、その六面がフランス窓になっている。玲人は朝食と昼食はここで取ると決めているそうだ。晩餐は、別室にある食堂で、毎晩洋風のフルコースが供されるのだという。叶世の説明によるとこの屋敷では生活様式はたいてい欧州のそれに倣っているのだそうだ。

千冬は庭の泥で汚れた包帯を替えてもらい、それから昼食の席に着いた。

メイドというのか、黒い洋風の衣装の上に、袖や肩紐にひらひらと飾りの付いた白い前掛けをつけた若い女性たちが給仕をしてくれる。

余程、厳重な訓練を受けているのか、それとも玲人や叶世の突拍子もない行動にはすっかり慣れっこなのか、この屋敷には不似合いなみすぼらしい千冬がテーブルに着いていても、誰も驚いた表情も見せない。

朝食は、寝台の上に座ったまま、叶世がとろとろに炊いた粥を手ずから食べさせてくれた。

そして今、三人で囲んでいるテーブルには、真っ白い大皿が三人の前に置かれており、魚の白身やじゃがいもの揚げ物、茹《ゆ》でた野菜、噛み締めるとほんのりと甘いパンという饅頭《まんじゅう》のようなものが彩りよく載せられている。それにとうもろこしのスウプだという黄色のとろりとした熱い汁が、取っ手の付いたカップに注がれる。それから新鮮な果物を搾ったジュースというものを運んでもらう。

（これ何だろう……じゃがいも？　こんなの食べたことない、分からないものばっかり……、俺なんかが食べていいのかな……）

「ん？　どうした？　食べ方が分からないか？　よしよし、それじゃあまた俺が手ずから食べさせてやろうな。さ、さ、あーんをしてごらん」

叶世は何だかんだと千冬の世話を焼きたがる。

千冬も、叶世に構われるのは楽しい。ざっくばらんで、こちらを緊張させない。何より、千冬を助けてくれた人なのだ。

ほらほら、と切り分けた揚げたじゃがいもを口元に差し出されて、ぱくりと齧《かじ》り付く。揚げ物のさくさくとした食感に、塩加減がちょうどよく美味しい。目を見開くと、フライド・

ポテトと言うのだと、叶世が教えてくれた。

うっとりとしていた千冬は、玲人が微笑《ほほえ》ましそうに自分を見ていることに気付く。すぐに表情を改め、食べ物で気持ちを和ませるなんて、そんな子供っぽいことはしないと示して見せるが、また一口食べるともうダメだ。

千冬は美味しい食べ物にすっかり懐柔されてしまっていた。

蜂蜜《はちみつ》が練り込まれたパン。新鮮な果物のジュース。この料理の美味しいことといったらどうだろう。朝に、食べさせてもらった粥には卵や葱《ねぎ》が交ぜ込まれ、何と贅沢なのだろうと思ったけれど。

——こんなに美味しくて、温かい食べ物がこの世にあるなんて。

(お母さんに、一度でいいからこんなご飯を食べさせてあげたかった……)

玲人と叶世は、すでに食事を食べ終わり、食後の珈琲を飲んでいる。叶世は僅かに上半身をひねって背凭れに肘をつき、益体《やくたい》もない冗談を口にする。玲人は陶磁器の珈琲カップに口を付けて、静かに、どこか気《け》だるい様子でそれに答える。

部屋が広いせいか、彼らの会話はどこか密やかに聞こえる。ヒューベリオンは暖炉の傍の毛皮の敷物の上でごろんと寝入っていた。

ゆったりと流れる不思議な時間。

慣れない場所にもかかわらず、ここが華族様のお家にもかかわらず——千冬は何だか眠くなってしまう。

眠気を払うように顔を上げれば、サンルームの六面の硝子窓の向こうには、先ほど降り始めた雪が勢いを増し、斜めに降り頻っていた。庭の景色は白い紗《しゃ》がかかったようにぼやけ、その遥か向こうで、鈍色の空を映した海が、重たげにうねっている。

(あ……雪、さっきよりずいぶん大降りになってる。きっと積もるだろうな)

千冬の視線に気付いた叶世が、にこりと笑って、千冬に話しかける。

「ああ、ずいぶんな降りだな。チビちゃん、積もったら二人で雪合戦をしようか」

「駄目だ。これはまだ足が治ってない。それにこんな薄着で、風邪でもひかせたら事だ」

「何だ何だ、伯爵様はすっかり保護者気取りだな」

(雪合戦……したかったな)

さっきから叶世は千冬をチビちゃん、と呼びかける。未だ千冬は自分の名前を話せないので仕方がないとは思うが、そんなに小さくないのに、とちょっと困惑してしまう。

叶世も、同じことを考えていたらしい。

「それにしても、名前が分からないのは難儀だな。ずっとチビちゃんって呼び付けるわけにもいかないし。何とか、名前を知る方法があればいいんだけど」

それを聞いて、玲人は珈琲カップを受け皿に戻した。

「それならいい考えがある。叶世のスケッチブックと鉛筆を持ってきてくれないか」

傍にいたメイドの一人に頼むと、玲人は大振りでごつい帳面と、鉛筆を受け取る。帳面を開き、そこにさらさらと、鉛筆で何かを書き付ける。

叶世が、ああ、なるほどと頷いた。

「さあ、これでいいだろう。『いろは歌』を聞いたことは？」

千冬はかぶりを振った。

千冬は文字を習ったことがない。平仮名すら全部は知らない。畑仕事に文字の知識はまったく不必要だからだ。玲人が、何かを書き付けた帳面を千冬に向ける。

いろはにほへと　ちりぬるを
わかよたれそ　つねならむ
うゐのおくやま　けふこえて
あさきゆめみし　ゑひもせす　ん

「これは『いろは歌』というんだ。この歌には平仮名のすべてが使われていて、子供は皆、この歌を詠んで平仮名を習う。俺が今から一文字目から何度か音読するから、お前の名前が来る度に、さっき渡したベルを一度、鳴らしてご覧」

いつの間にそんな可愛いベルを渡したのだ、俺には雪合戦もさせないくせにお前ばかりチビちゃんに構ってずるい、という叶世の抗議を無視して、玲人は平仮名を一つ一つ指差しながら、その歌を詠んでくれる。千冬は、すぐに玲人の意図を悟って、自分の名前の「ち」「ふ」「ゆ」の音が来る度に、玲人に借りたベルを一度鳴らした。

叶世はまだ不満そうだが、千冬の名前が分かったことには素直に喜ばしそうにしている。黒い瞳を興味深げにきらきらと光らせ、帳面に「ちふゆ」と書き付ける。

「ふうん、ちふゆ、というのか。漢字はどう書くのかな。例の宮村《みやむら》侯爵夫人みたいに稚芙由《ちふゆ》、というのも雅《みやび》でいいな」

「いいや、千の冬、だろう。この地方に住む子供にはぴったりの名前だ。苗字《みょうじ》は？」

名前と同じように、今度は「き」「た」「さ」「と」の音でベルを振る。

「きたさと、ちふゆ。北里千冬、か。可愛らしい名前だな。年は？　十二、三というところか？」

千冬は思いきりかぶりを振った。確かに千冬は小柄だが、そこまで幼くはない。

「じゅうご」という意味で、片手を開いて見せる。

玲人と叶世は、黙ったまま視線を交わした。二人の黒と、蜂蜜色の瞳に、何か労《いたわ》しげな影が差した。玲人が溜息をつく。

「十五か。思っていたより年長だが……、やはり花街の色子として働ける年じゃないな」

「仕方ないさ。吉原や新地と違って、この北国にはお上の沙汰はなかなか届かない。お上に一切庇護されない輩《やから》に、法令だけは遵守しろというのは無理な話だ。この子が自力であの街から脱出出来たなら、せめてそれだけは喜ぼう」

その途端、千冬はぞくりと寒気を感じる。

訳も分からないまま連れていかれた花街の、「みせ」と呼ばれる海際の建物。着せられた緋襦袢、荒っぽい男たちに乱暴をされかけたこと。あの暗闇での恐ろしい出来事を思い出すと酷い眩暈《めまい》を感じる。

「千冬?」

千冬がベルをぎゅっと胸に抱き、かたかたと震えていることに、玲人が気付いたようだ。暖炉の前でごろごろしていたヒューベリオンも、異常を察してこちらに歩いてくる。千冬の膝に顎を置き、上目遣いに、ひゅん、と鳴いた。

「……嫌なことを思い出させたか? 悪かった。お前の前でする話じゃなかったな。お前を花街に返すような真似はしない。安心して療養をするといい」

そう言って、千冬の頭を撫でてくれる。

千冬は咄嗟にその手を拒むようにかぶりをぷい、と振って、叶世に体を近付ける。しかし玲人は少しも怒った様子はなかった。

「そうか、叶世に懐いたか。仕方がないな」

「お前にはヒューベリオンがいるだろう。それで充分じゃないか」

叶世はすっかり満足したようで上機嫌だ。千冬の髪を頻りに撫でている。叶世にしがみついたまま、千冬は目を開いて困惑していた。

今、玲人に触れられるのを拒んだのは、嫌だったのではなく、恥ずかしかったから。

何でだろう？　どうしてなんだろう？

華族様って、もっと嫌な、身勝手な人たちではないの？

玲人はどうして、こんなにも千冬に優しくしてくれるのだろう。この人の幼馴染みも、そして飼い犬も、この屋敷の空気も、すべてが温かく優しい。

頑なのは、千冬ばかりだ。そのことが、千冬には恥ずかしくてならない。

その時、三人が囲むテーブルに、黒い西洋風のスーツを着た壮年の男性が近付いてきて、恭しく玲人に頭を下げた。

「玲人様。先ほど仰せつかったお客様のお召し物でございますが」

「うん。何か問題があったか？」

「先ほどから降雪が激しくなりまして、街の洋装店の者を呼ぶことも、馬車で街に下りることも叶いません。大変申し訳ありませんが、お客様のお召し物をご用意するのは、せめて雪が降りやむまでお待ち願えませんでしょうか」

玲人はちらっと、雪の降り頻る外に視線をやった。

「ああ、そうだな。無茶を言って悪かった。確かにこの雪では、馬車や馬で街に下りるのは危ない」

千冬はメイドが注いでくれた紅茶を飲んでいる。叶世が砂糖と蜂蜜をどっさり入れて悪戯したので、甘ったるい飴湯のようだ。

「だが俺や叶世の服じゃ丈や袖が合わないだろう。いつまでも、メイドの寝巻きを借りているわけにはいかないし――」

「千冬ちゃんの衣装の話か？」

それまで千冬をつついて遊んでいた叶世が会話に加わる。いつもふざけているようで、彼は実に鋭敏で、物事の要所は必ず押さえているのだ。

そっと千冬の頬に触れたかと思うと、長い指先で口元に付いていたパンくずを取って自分の口に放り込む。

「確かにこんなに可愛らしい子にいつまでも寝巻きを着せていることはない。どうだろう、このお屋敷は玲のお祖父様の代から使われていたんだろう？　納戸なり、衣装部屋なりに小柄な者が着る衣装を置いてないのかな」

二人とも、千冬がしばらくこの屋敷に滞在することを当然のように考えている。

執事という立場にある男は田村という名前だそうで、思慮深げに顔を上げる。

「確か大奥様がお若い頃にこちらでお召しになられていたお衣装が、衣装室にございましたが……大奥様は女性にしてはやや大柄な方でございました。ちょうど、お客様の背丈と同じほどの」

「大奥様というと、玲のお祖母様のことか？」

「は、大旦那《おおだんな》様と大奥様は、ご婚約のみぎりからこの別荘にご滞在なさっておいででしたので、大奥様がご令嬢でいらした頃のお召し物がたんとございます。東京で着るにはやや厚手のお衣装でございますので、こちらに保管なさっておいでだったのです」

「何だ、何だ、そんな打ってつけのものがあるのか。黙っているなんて人が悪いぞ田村」

「しかし叶世様、大奥様のお衣装は飽くまで女性のものでございます。此度《こたび》のお客様は、少年でいらっしゃるのでは……」

「何を馬鹿な。着物というものは男女の別なく可愛い者が着ればいいんだ。よし、さあチビちゃん、そのお衣装とやらを見に行くぞ」

叶世は意気揚々と叫ぶと、さあ行こう、と千冬を小脇に抱え、居間を飛び出した。

玲人は肩を竦め、呆れたようにまだ珈琲を飲んでいる。


「これはこれは……かわゆいじゃないか」

叶世は腕組みをして、すっかり興奮した様子で千冬の肩を掴むと細い体をくるくる回し、満足げに頷いている。

傍にいた玲人が注意を促した。

「おい、あまり千冬に無理をさせるなよ。足の怪我が酷くなるとまずい」

「大丈夫、加減は分かってるさ」

衣装部屋には玲人の祖母にあたる人の衣装や小物がどっさりとそれこそ山のように残されていた。

メイドが千冬に着せ付けてくれたのは、黒絹に色とりどりの手毬《てまり》が袖や裾に刺繍《ししゅう》された重厚だが豪奢で可愛らしい大振袖だ。鮮やかな灰色の帯を締め、帯揚げと帯締めは手毬の一つから色をとり、色味の強い桃色のものを締められる。千冬には上等の着物のことは少しも分からないが、それがたいそう高価で貴重なものであることは、よく分かった。女の子ならきっと大喜びだ。

それにしても、どうして千冬はこんな衣装を着ることになったのだろう？

叶世は衣装部屋の花瓶に生けてあった緋色の寒牡丹《かんぼたん》を一輪手に取ると、それを千冬の髪に留める。鏡に映る姿は女の子そのもので、千冬はすっかり恥ずかしくなるが、叶世と、その挙動を椅子に座って眺めている玲人はそれほど気には留めていないらしい。

「俺は個人的には、日本女性に一番似合うのは着物だと思ってる。これほどの艶やかさは洋装では出せないよ。何枚も何枚も、薄い襦袢から華やかな振袖まで花びらを着せるみたいに女性に纏わせる」

「ふうん。脱がせる甲斐《かい》があるというわけだな。でもお前は、この前の夜会でメルヴェイユーズ姿のご令嬢をずいぶん褒めていたじゃないか」

「社交辞令というものを知らないのか、伯爵様。御婦人方を気分よくさせるのは紳士の務めだ。御婦人と顔を合わせたら、いの一番に衣装を褒める。ワルツの際には耳元で、衣装を含めた容姿を褒める。『ああ、あなたが纏うドレスは幸福だ。こんなにも美しい貴婦人の白絹のような素肌に添って触れている。僕はあなたの衣装にまで嫉妬《しっと》してしまいそうだ』。女の口説き文句なんてリチャード・グレイの時代から何も変わりはしないのさ」

「口説き文句の手本にしかされないなんてグレイが気の毒だ」

玲人と叶世の舌戦はやむことはないが、それは千冬に彼らの仲の良さを窺《うかが》わせる。

「玲、肖像画作成はしばらく休憩だ。俺はこの子の姿をカンヴァスに残してみたい。どうせ、まだ東京に帰るつもりはないんだろ？」

「それは、構わないが……」

千冬は不思議な気持ちになった。玲人は肖像画作成にこの別荘に来ていると聞いている。玲人がモデルで、叶世が絵描きを担当するのだろう。千冬を絵に描くなどというお遊びをしたら余計な時間を喰う。

この雪深い、不便な山奥ではなく、賑やかな都会に帰りたくないのだろうか？

叶世は千冬を応接室に連れていく。そこにはイーゼルという木製の台に掲げられたカンヴァスが何枚となく置かれている。それはすべて、玲人を描いたものだった。

千冬が見ている一枚では、玲人は西洋風の正装をしている。豪奢な藍《あい》色のヴェルヴェットが張られたソファに座り、長い脚を組み指を絡めた両手の右肘だけを肘掛けについている。気だるげでしどけない。けれど美しい。玲人の美点をきっちりと押さえてある。

千冬はすっかりその絵画に見蕩れた。

「どうだチビちゃん。俺もなかなかの腕だろう？」

「お前みたいな大雑把なのがこんな精緻《せいち》な絵を描くのかと訝《いぶか》ってるんだろう」

「それは全部未完成なんだ。まだ色を重ね終えていないから陰影が浅いだろう？　ちょっとある色が足りなくてね。まさに画竜点睛《がりょうてんせい》を欠いている状態さ」

難しい言葉に、千冬は首を傾げた。

「さ、チビちゃん、こっちに来てご覧。これが何だか知ってるかい？」

千冬は足の怪我に負担をかけないよう、暖炉に手をかけるようにして立たされ、六角形の箱に屋根と紐飾りが付いた不思議な提灯を手渡される。乳白色のセルロイドの胴には、黄色い菊や金魚、緋牡丹、それらの緑の葉が縺れ合うように、色鮮やかに描かれている。

（ちょうちん……）

「日本の提灯と同じようなものだが、ランタンと言うんだ」

（らんたん？）

「この菊や牡丹が可愛いだろう？　大陸相手に輸入業を営んでいる行商人から麻雀《マージャン》で巻き上げたものなんだ」

それから傍にいたメイド頭に、千冬の着付けを少し変えてほしいと頼む。

「ちょっと着付けを変えてくれないか？　おはしょりを抜いて、足元を開いて、こう、裾を引き摺る打ち掛け風に着せ掛けてほしいんだ」

帯揚げは太めに出して、帯締めは凝った形に結ぶ。婦人の衣装に詳しいこの幼馴染みは着物の着付けまでやってのけるのだ。

叶世はお人形遊びにすっかり夢中だ。

「俺は最近まで欧州にいたんだが、日本のキモノはあちらでも人気が高くてね。何と言っても染めと刺繍が素晴らしい。あちらの女性は大柄な上にそう器用でもないから、ただ襦袢のように羽織って胸の真下で緩く帯を結ぶ。着付けの型には適っていないが、それも艶かしくてなかなか風情があってよかったよ」

それから千冬は叶世に様々なポウズを取らされた。

長椅子に寝そべり、その足元の床に空の鳥籠を置く。窓の傍に立ち、ヒューベリオンを足元に従える。または鎮座したヒューベリオンの首に抱きつき、ふっさりと頬を添える。

その度に、衣装はこれ、着付けはこうして小物はこれ、光の入り加減が気に喰わないからソファをこっちへ移動させる、玲人にまで手伝えと言い放ち、入念に絵画作成の用意が取られる。

　ああでもない、こうでもない、と言いながら、叶世は絵画に関しては本当に厳しい観念を抱いているようだ。

　千冬は恥ずかしかったが、ヒューベリオンと一緒にいられるのは嬉しかった。屋敷内の誰といるより、ヒューベリオンの傍にいると、千冬は心が和む。多分、言葉がなくても気持ちが通じるからだろう。

　木炭でスケッチを描いている叶世を、窓に凭れ、紅茶を飲んでいる玲人がからかう。

「楽しそうだな」

「ああ、ずっと愛想のない成人男子を描いていたものでね。お前のお祖母様は大変な好事家《こうずか》でいらしたんだな。生半可な着道楽ではこれほどの衣装を僻地《へきち》の別荘に放りっぱなしには絶対に出来ない」

　そこに田村がいつもの静かな所作で現れ、電報でございます、と叶世に一通の書簡を渡した。

「俺に？」

　主の玲人ではなく？　と叶世は訝しそうに書簡を開き、それから天井を仰ぐ。

「あーあ。厄介なことになった。東京から嵐が来るぞ」

「嵐？」

玲人の質問に、叶世が答えた。電報を投げすて渡す。

「華子《はなこ》が東京からこちらに向かっているそうだ。憧《あこが》れの王子様がいつまでも東京に帰ってこないんで、とうとう業を煮やしたんだろう。女学校は今、冬季休暇中だからな」

電報を一読して、玲人はそれを丁寧に折り畳んだ。

「客人がもう一人増えるくらい、俺はまったく構わないが」

「馬鹿言うな。あいつの目的は分かってるだろう？　お前への熱烈・猛烈なアプローチを再開するために、わざわざこの雪国まで追ってくるつもりなんだ」

「華子ちゃんは子供の頃から知ってる。今更、そんな風には考えられないよ。彼女には何度かそう伝えてある」

「あれにしてみれば子供の頃から知ってる初恋の王子様だ。しかもあの気の強さだぞ、そうそう諦めはしないだろう」

聞けば、華子、というのは叶世の七つ年下の妹なのだそうだ。玲人に恋心を抱いており、若い娘らしい気の強さで、玲人に結婚してほしいと迫っているのだという。

結婚、と聞いただけでぽうと赤くなってしまう千冬には縁遠い話だった。

玲人のこの美貌だ。それはさぞ、女性にはもてるのだろう。

しかし相手の女性も大変な気丈だ。恋というものを千冬は少しも知らないが、女性の方から男を追うのは、当世、かなり勇気のいることだろう。

「しかし万一、お前と華子が結婚したらお前が義弟になるのか。ますます堅苦しくなるなあ」

「俺もお前を兄上と呼ぶのはぞっとしない」

玲人の皮肉に叶世は肩を竦めただけだった。

「可哀想だが、何とか華子を撃退しないといけないな。穏便に、疑いも招かず、しかし確実にあの生意気なうちの妹を引き下がらせる方法……」

しばし黙考して、ぱちんと指を鳴らす。

「そうだ。打って付けの方法があるじゃないか！」

そして彼は、少女の格好をした千冬を見たのだった。


午後三時はお茶の時間。

それが華族の習慣なのだそうだ。

広間の大時計が午後三時の鐘を重たげに鳴らすと、居間や広間、サンルームに、メイドがワゴンに載せてお茶とお菓子を運んでくる。叶世のスケッチもいったん休憩で、二人の傍で読書をしている玲人も本を閉じる。

叶世にも内緒にしているが、千冬はこの時間がとても好きだった。三度の食事も本当に贅沢なもので、千冬のこれまでの生活ではとても考えられないものだが、その上に甘いお菓子を毎日食べられることが千冬には夢のように嬉しかった。

本当に、今起こっているこの出来事は、全部夢なのではないかと、時々思うけれど、着物を着て髪に花を飾っているこの格好を鏡に映して見れば、現実なのだと改めて分かる。

今日も雪空で、海を遠くに、手入れされた庭園には雪が降り頻っている。硝子越しにも染み入るサンルームの寒気を避け、三人は暖炉の傍のソファに座る。

テーブル中央の大ぶりの皿には、黄金色をした焼き菓子がどっさりと置かれている。さらに、縁がレェスのように波打つカップには、真っ白い布巾を銀製のポットに添えながら、執事が熱い紅茶を注いでくれる。叶世がトングで皿に取り分けてくれた貝がらの形をした菓子を、千冬はまじまじと眺めた。

「マドレーヌというんだ。バターがたっぷり入ってるから綺麗な艶があるだろう？　まだ焼きたてだ、そら、真ん中で割ってご覧」

叶世に言われる通り、一つを手に取って真ん中で割ると、ほっこり、と甘い香りの湯気が上がった。思い切って半分を一気に頬張ると、温かくて柔らかくて、とっても甘い。

（おいしい……！）

「そうか、美味《うま》いか。よしよし。俺の分も食うといい。可愛い子が美味いものをにこにこ美味そうに食ってる様子は見てるだけで幸せになるよ」

千冬は赤くなった。言葉もないまま、菓子を食べつつにこにこしていたようなのだ。

正面の二人掛けソファに座る玲人は黙って紅茶を飲んでいる。基本的に玲人も叶世も甘いお菓子をそれほど好まないらしい。パンケーキやチョコレェト、アイスクリンなども、千冬に付き合って一口二口、食べる程度だ。

そして、叶世にはあれこれ言葉をかけるけれど、玲人は滅多に千冬に構ってこない。

それでいいんだと思う。玲人に構われても、千冬はどうしたらいいのか、分からない。

千冬はまだ、華族様への態度を測りかねているのだ。華族様に母や村を奪われた恨みは忘れられない。かといって、本来は口を利くことも許されない身分違いであることも、承知している。千冬は口が利けなかろうが、足を怪我していようが、今すぐこの屋敷を放り出されても文句など言えないのだ。

それは、分かってる。だから怖い。

玲人が本当は、千冬の考えているような人じゃなかったら。今まで玲人にしてきた無礼をどう謝罪すればいいのか。

それが、怖い。

ゆったりとした空気が流れる中、執事の田村が静かに近付いてきた。

「華子様、ご到着でございます」

その言葉に、叶世が皮肉めいた微笑を浮かべ、立ち上がる。

「ふん、来たな。小娘め」

「そんな風に言うなよ。この雪の中、ここまで来るのは大変だったろう」

「馬を使う御者がな。招かれざる客なんだからあいつが寒かろうがつらかろうが自業自得だ。

それから、二人とも、これからしばらく俺が言うことに一切反論しないでくれ」

そしてこちらを振り返ると、千冬の手を取り、玄関ホールへと向かう。

「おいで、チビちゃん。とにかく君がいなくちゃ話にならない」

ドォム型の天井を持つ玄関ホールを抜け、両開きの堂々たる扉を抜けると、車寄せに出る。

そこには二台の馬車が停まっていた。

先頭の馬車の扉が御者の手によって開かれ、一人の少女が石畳の前玄関に降り立つ。

年の頃は叶世の七つ年下だというから十六、七だろうか。叶世が教えてくれた、「バッスルスタイル」というドレスを纏っている。

白地に青と水色の小花を散らした立て襟の重ね着は、腰の後ろでたくし上げられ大きく膨らまされている。そこから覗くスカート部分は濃紺のヴェルヴェットだ。後頭部にリボンを飾り、艶やかで長めの髪は肩の辺りに垂らしている。それに大きな瞳、桃色に紅を塗られた唇。千冬がぼんやりと見蕩れてしまうような、大変な美少女だった。

彼女が天城華子。男ばかりが三人続いた後に生まれた、末子の娘だ。両親や叶世の上の兄二人は彼女にとことん甘く、どんな我儘も許したので、たいそう気が強く育った、と叶世がぼやいていた。

車寄せからの短い間にも、メイドが大急ぎで毛皮のマントを着せ掛ける。華子は当然のようにメイドを使い、そうして玲人ににっこりと笑いかけた。

「お久しぶりね、玲人様」

「華子ちゃんもご機嫌麗しく」

玲人は華子、と呼ばれた少女の手を取り、その甲に口付けた。傍らで見ていた千冬はびっくりして目を見開いた。他人の手に、口で触れるなんてしていいことなんだろうか。だって、手なんて土や泥水で汚れているかもしれないのに。

けれど玲人の所作は実に流麗で、そして華子は玲人が口付けるに相応しい、白魚のような手をしている。

そうか。お金持ちの人たちというのは、畑仕事なんかしないから、手が汚れるはずはないのだ。

千冬は何となく背中に手を隠し、叶世の傍でただじっとしていた。さらにヒューベリオンがその傍に控えている。

「東京を離れてこちらに近付くに連れて雪が酷くなったの。海に雪が降り続ける寒そうな景色が続いて何だか気が滅入ってしまったわ。だけどお屋敷はとても素敵。英国様式というんでしょう、何て優雅なのかしら。ねえ玲人様、後でお庭を案内していただきたいわ」

華子は叶世とも挨拶を交わす。その瞳がきらりと光った。

「叶世お兄様も、相変わらずお元気そうだこと」

玲人と同じく、叶世も妹の手の甲に軽く口付けた。妹といえど、年頃の少女は本当に大切に扱われるものらしい。

だが兄妹の舌戦は凄まじいものだった。華子が高慢な微笑を浮かべる。

「お父様とお母様から伝言を承ったわ、早く東京に戻っておうちのお仕事をお手伝いしなさいって。ご遊学もけっこうですけど、本当にいつまでも放蕩《ほうとう》をなさって、反面教師とはまさにこのことよね」

「お前の口達者もますます磨きがかかったようで何よりだ。社交界じゃあさぞ人気を集めてることだろう。あそこは悪口を言った者勝ちだからな」

「悪口なんて人聞きが悪いことをおっしゃらないで。おしゃべり上手は社交術の基本よ」

「これはこれは。まだ幼いと思っていた我が妹が社交術なんて殺伐とした言葉をいつ知ったのやら」

「まあ、叶世お兄様は名うての遊び人だと伺っているのに、存外に、女のことをご存じないのね。社交は最早殿方ばかりのものではないわ」

叶世と玲人のやり取りも時折相当な皮肉が交えられるが、兄妹の会話は早口で凄まじく痛烈なものだった。

千冬は二人の舌戦におろおろしていたが、華やかで気が強そうな少女は、真っ直ぐこちらに目を向ける。

「その方は？　初めてお会いするわ。素敵な大振袖をお召しね」

華子はきらりと瞳を輝かせた。ほんの一瞥で、千冬が着ている衣装を頭から足先まで確認するのが分かる。

千冬が着ているのは叶世の見立ての着物で、叶世と玲人が夕食によく飲んでいる赤葡萄酒《ワイン》色に、乳白色からほんのりと紅色に色づいた山茶花《さざんか》が染められたものだ。ぎっしりと刺繡が施された帯は文庫結びといって、蝶々《ちょうちょ》が翅《はね》を広げたようになっている。

洋装が盛んな昨今、これほどの大振袖を着ることはとても贅沢で、そして「レトロ趣味」といって却《かえ》って帝都では最先端をいくことになるのだそうだ。

もしも千冬が夜会や舞踏会に出れば、さぞ大人気になるだろう、と叶世は言う。

でも夜会ってどんなだろう？　舞踏会って何だろう？

叶世が、軽く千冬の肩を押した。

「こちらは北里千冬さん。玲の婚約者殿だ。これからお前も仲良くしてもらうことになる、きちんと挨拶をしておきなさい」

叶世は何のてらいもない笑顔で、滑らかな口調で妹に告げる。

玲人は一瞬目を瞠《みは》ったようだが、腕を組み、叶世を止めない。幼馴染みの意図に気付いたからだろう。

華子は不審そうに細い眉を顰《ひそ》めている。

「何ですって？　今、何ておっしゃったの？」

「千冬ちゃんは玲の婚約者だ。無礼をするなよ、将来の玖珂伯爵夫人になる方だからな」

「婚約者ですって？　玲人様がご婚約をなさったとおっしゃるの？」

「千冬ちゃんは大陸との間で商売をなさってる貿易商の娘さんでね。こちらに遊びに来ていたのを玲が一目惚れしたんだ。二人して内々で結婚の約束をしている。玲はぞっこんで、一時も放したくないと、千冬ちゃんをずっとこの屋敷で預かってるんだよ」

「そんなこと、初めて伺ったわ」

「そりゃ、今初めて話したんだから当然だろう」

蒼褪《あおざ》めている華子に、叶世が肩を竦める。

千冬はぽかんとしていた。

婚約者？　誰が？　誰の？　婚約者？

千冬はそこにいる全員が、自分を見ていることに気付く。

しばらく考え、結論づける。玲人の婚約者、とはどうやら千冬のことのようなのだ。そんなのおかしい。だって千冬は男なのに。それに、それに玲人と、ほとんど言葉も交わしてない。親しくも、していない——

でも千冬は今、女の子の衣装を着ている。自分でも情けないけれど、身丈はぴったりで、髪に花を飾り、鏡に姿を映すと確かに女の子にしか見えないのだ。何より、自分は男であって、玲人の婚約者にはなれないと、言葉の出ない千冬には主張出来ないのだ。

華子は絶句したまま千冬を眺めていたが、やがて決然と言い放った。

「信じないわよ！　私。初対面でろくろくご挨拶も出来ない方が、玲人様のご婚約者だなんて認められるはずがないわ！」

マントの前身ごろを腕で払うと、憤然と歩き出し、どん！　と千冬と肩をぶつけるようにして玄関へと入っていく。

千冬はよろめいて、玲人に肩を抱かれた。

肩越しに、おずおずとその美貌を窺うと、玲人は困ったような微笑を浮かべていた。

「……参ったな。まさか、お前がここまでの悪戯を働くとは思わなかったよ」

それは叶世への言葉だ。

「だが、華子を牽制《けんせい》するには打って付けの手のはずだ。どちらにしろ、お前は華子と結婚するつもりはないんだろう。情けにまだ疎い俺の妹には、お前の優しさは却って残酷なものだから」

叶世の物言いに、玲人は黙って苦笑する。そうして千冬に向き直った。

「どうだろう、千冬。叶世の策略はずいぶん性質の悪いものだが――」

玲人は子供の頃よりもうずっと、華子から熱烈な好意を寄せられていたという。少年の頃の玲人はやはりたいそう美しく、そして華子にとても優しかったのだろう。

華子は絶対に玲人と結婚するのだ、と天城家の両親や兄たちに宣言しており、女性としてはかなり大胆なアプローチをかけている。今回、女学校の休暇に入るなりこの別荘を訪れたのも、その一環だ。

だが子供の頃から知っている少女に、玲人は異性を感じない。また、伯爵家を継いだばかりの大学生の身分で、まだ結婚を考えてもいない。

やんわりと華子の好意を拒絶しているが、華子はそれに一切応じない。年下の少女に強い拒否を向けることも出来ず、少々難儀していたところに、千冬が現れ、そして叶世が悪戯を仕掛けたというわけだ。

「卑怯《ひきょう》な話だが、俺は華子ちゃんを傷つけたくない。このまま騙されてくれれば俺も正直、助かる。どうだろう、お前はまだ足も治っていないし、言葉も戻っていない。この屋敷で健康を取り戻すついでに、俺の仮初《かりそめ》の婚約者を引き受けてはくれないだろうか」

千冬は緊張した表情で玲人と叶世を見比べる。

玲人の婚約者役。

大嫌いな、華族様の、許婚《いいなずけ》役。華族様の気紛れなお遊びの手助けなんてしたくない——と思う。

けれど、玲人の華子への優しさは、千冬には何故か心地よくもあり、切なくもあった。あんな可愛い、綺麗な女の子が心に傷を受けるのはいけないことだと思う。

そして、いくら華族嫌いでも、千冬には玲人に世話になっている恩義があるのだ。それを返さなくてはならないと思っていた。

千冬は長く長く考えて、それから小さく頷いた。

女の子の衣装を着るのは抵抗があるけれど、それで誰かの助けになるならば。玲人がありがとう、と笑って、先ほど華子にしたように千冬の手を取り、甲に口付けた。

「…………!!」

千冬は驚いて叶世とヒューベリオンの背後に隠れたが、つまりは今から婚約者役は始まっているということなのだろう。

千冬は、大喜びしている叶世の振り向きざま、ぎゅうっと抱き締められる。

「やった！　こんなに素直で可愛くて、理想的なモデルはなかなかいない。何とかして君をこの屋敷に引き留めたくて堪《たま》らなかったんだ」

婚約者云々《うんぬん》は、俺のための策略じゃなかったのか？

幼馴染みにしてやられた、と玲人は苦々しげに呟く。

いつも無表情な彼が苦情を口にする様が、千冬には何だか、ちょっとだけおかしいような気がした。

玲人はほぼ四日ぶりに、正装であるテイルコートを身に纏った。絹のシャツに、ぴったりと体の線に沿う柔らかな黒いスーツ。タイにはエメラルドのピンを留める。肖像画を作成する際の衣装だ。

四日ぶり。三日前に、玲人は人魚姫——千冬を海岸で拾った。成り行きで千冬に少女の衣装を纏わせてからは、叶世は玲人の肖像画作成より、千冬の衣装を選び、その絵を描くことに夢中だったので、玲人はしばし堅苦しい衣装とポウズから解放された。

叶世は一日中でも千冬を描いていたいと言って憚《はばか》らないが、体力のある成人男性の玲人でさえも、同じポウズを取り続けるのは割合に難儀だ。

千冬は口を利けないこともあるが、可愛い容姿とは裏腹に辛抱強い気質《たち》だった。叶世の要望にすべて応えていたが、さすがに二日連続で叶世の相手をさせるのは可哀想だ。千冬の右足も、凍傷は、予断を許さないが、治りつつある状態で、外の空気を吸いたそうにしている。

叶世はたいそう不満げだったが、今日は玲人の肖像画を進めさせることにする。

居間のソファに座りポウズを取るが、相変わらず叶世の注文はうるさく、しかもいったん筆を持ち集中し始めると、叶世自身も休憩を取ることを忘れるらしい。幼馴染みの真剣な表情を見るのは玲人は割合気に入っているので、黙って叶世の指示に従う。

サンルームのフランス窓の向こうには、モデルから解放され、庭で遊んでいる千冬の様子が見えた。相手はヒューベリオンだ。動きやすい小袖の紬《つむぎ》に着替え、雪の積もった庭で、毬投げをしているのだ。

千冬が少し足を引き摺りながら毬を投げると、ヒューベリオンがそれを取りに行く。ヒューベリオンに飛び付かれて真後ろに転がってしまい、ヒューベリオンと体を上下に入れ替えながら雪の上をころころと転がり回っている。さぞ可愛らしい声をしているだろうに、声が出ないということがあまりに不憫だった。

少女の衣装を着せているとはいえ、本来は育ち盛り、遊びたい盛りの少年なのだ。

ヒューベリオンは気位の高い外国の犬だが、あっという間に千冬に懐いてしまった。邪心のない、千冬の真っ直ぐな性質が気に入ったらしく、一日中傍を離れないばかりか、最近は、客間の千冬の寝台の近くで眠っているほどだ。

「飼い主の立場も形《かた》なしだな」

と叶世にはからかわれるが、玲人はそれで構わないと思っている。

何故だろう、あの子が笑っていると、喜んでいると、玲人は不思議に気持ちが和むのだ。

いや、もっと単純に、とても嬉しいと思う。

社交界では一切見られない、あの無垢《むく》な笑顔が玲人はとても気に入っている。

叶世の傍若無人・破天荒には呆れるばかりで、彼が悪戯を働く度に玲人が皮肉を吐くのがいつもの構図だが、今回ばかりは、叶世にとても感謝している。本当にあんなに可愛い婚約者がいたら、どんなに心が癒されるだろう。

「何だ？」

気がつけば、叶世が筆を止めて窓を眺める玲人の顔を見詰めていた。

「いや、いい顔をしてたな、今。いつもの取り澄ました無表情よりずっといい」

そう言って、千冬の前では吸わないシガーを一本口に咥《くわ》えた。マッチを擦り、手慣れた仕草で火を点ける。

「窓から、何か面白いものが見えるのか？」

「……千冬がヒューと遊んでいるのが見えるんだ」

玲人は叶世に向き直る。

「不思議だな。お前ほどでなくとも、俺も恋愛には多少の覚えがあるのに、未だ一度も言葉も交わしていないあの子に何故か心惹かれる」

我ながら青くさい物言いだが、幼馴染みは茶化すでもなく、シガーを挟んだ指で器用に前髪を掻き上げた。

「お前がしていたのは恋愛ではなく、恋愛遊戯というんだ。それに、相手を好ましく思うか、思わないか、その判断に言葉なんてさして重要じゃない。瞳の動き一つで、心はもう相手が好きか嫌いか、判断してるものさ」

「そういうものか」

「そういうものさ、伯爵様」

緑の瞳を見られた最初の瞬間に、千冬が玲人に怯え、激しく拒絶したことを思い出す。あの子に嫌われてしまっているのは、もう取り返しのつかないことだろう。おまけに、玲人はあの子が嫌っている華族でさえあるのだ。

だが見守るくらいは許されるだろう。

「玲人様、お兄様。そろそろ休憩をなさったら？　もうじき正午よ」

居間に、華子がやって来た。

彼女には二階の南側の寝室を使わせている。千冬の部屋とは一番離れた居室だ。

今朝は鮮やかなオレンヂ色のドレスを纏い、丸襟から覗いた首にはドレスと共布のリボンを結んでいる。天城大財閥の末娘である上、彼女は誰もが認める美しい少女だ。お洒落にも大変な関心があるらしい。東京から二台の馬車でやって来た華子だが、彼女が乗っていた馬車の後続の一台には、衣装や装飾具を山と積んできたという。

華子はしばらく叶世が描く肖像画を物珍しげに眺めていたが、やがて顔を上げる。

「ねえ玲人様。明日のお昼のご予定は？　明日、黒川《くろかわ》男爵のお屋敷で園遊会があるの、私、招待状をいただいているのよ。玲人様にエスコートをしていただきたいの。男爵のご息女は女学校のお友達なのよ。ねえ、一緒に行きましょうよ」

「駄目だ。肖像画の作成が進んでない」

叶世が素っ気なく華子の誘いを退ける。

「お兄様にはお願いしていないわ。私、玲人様にエスコートしていただきたいの。お兄様も一緒にいらしたいなら、そうなさっても構わないけど」

「華子」

叶世は眉根を寄せ、吸っていたシガーを灰皿に押し付けた。

「玲は千冬ちゃんと婚約をしたと、昨日話したはずだぞ。婚約者がいる男が、別の令嬢のエスコートを引き受けられるはずがないだろう」

「だって、千冬さんが玲人様の婚約者でいらっしゃるなんて……失礼だけど、何だか信じられないんだもの。今も、雪の中でずっとヒューベリオンと毬投げをして遊んでらっしゃるのよ。何だか幼くていらっしゃるし、東京で流行しているドレスやリボンのお店のお話をしても退屈そうにしてらっしゃるし……それに玲人様のお傍にいると、ひどく表情を強張らせているわ」

少女の鋭い観察眼に、成人男子二人は目を逸らし合い、沈黙する。

叶世と華子にやり取りさせると口喧嘩になるのが目に見えているので、玲人は華子に笑いかける。

「千冬はお父上の仕事の都合で大陸にいた時、重い病を患って長く寝込んだ上、今、言葉を失《な》くしてるんだ。養生をすればすぐに治る症状だけれど、口を利けないのがもどかしくてヒューとばかり遊んでる」

「あら、お気の毒な方なのね。じゃあ玲人様は、しばらくお会いしない間に、少し趣味が変わられたんだわ。殿方は気紛れだもの、多少突拍子のないことをなさっても仕方がないわ」

男は気紛れなのだから。千冬のような、地味で物静かな少女に惹かれることもあるだろうと、華子は鷹揚《おうよう》に頷く。玲人は華子にゆったりと微笑んでみせた。

「華子ちゃんも、綺麗になったよ。まるで知らない御婦人みたいだ。近付きがたいくらいで、エスコートなんてとてもじゃないが俺には荷が勝ちすぎるな」

「まあ……、玲人様がそんな風に率直に褒めてくださるなんて、珍しいのね」

華子は何の物怖《ものお》じもなく、紅を薄く塗った唇に笑みを浮かべる。

遠回しに、子供の頃から知っている少女を恋愛の対象には出来ない、エスコートももちろん無理だと言ったつもりだったのだが、華子には通じなかったようだ。叶世は不器用な奴め、と舌打ちしたそうな顔をしている。

「玲人様とお兄様ったら、肖像画作成だなんて言って、一日中そうして向き合っていらっしゃるの？　相変わらず仲がよろしいのね」

「ああ、俺たちは男同士、固い契りを交わした仲なんでね。四六時中、それこそ深夜の寝台でまで一緒にいるさ」

妹を居間から追い出そうとしているのだろう。叶世は何喰わぬ顔で過激な冗談を口にする。

「よせ、気色の悪い」

眉根を寄せ、冷たく突き放すと叶世はにやりと笑った。

「気色悪いとは冷たいな、伯爵様。昨日寝台に忍び込んだことを、まだ怒ってるのか？」

「……………」

「美貌の伯爵様は、衣服を解いて閨《ねや》にいても美しくていらっしゃる。美しいものを見るとすぐにスケッチを取りたくなるのが俺の性《さが》だが、昨晩の玲にはただただ見蕩れた。男も女も魅了する。伯爵様にはやや淫奔《いんぽん》なる魔性の気があるのかもしれないな」

「まあ……っ」

叶世の大胆な言い分に、玲人はさすがに憮然としたが、華子は顔を真っ赤にして踵を返す。

「お兄様は、相変わらず破廉恥《はれんち》なのね！　いつまでもそうしてふざけてらっしゃるといいわ！」

つかつかと扉に向かい、それから玲人を振り返る。勝気な少女だが、瞳に懇願が浮かんでいた。

「玲人様、明日のエスコート、絶対にお願いしたいの。千冬さんのことはまだ公になさっていないんでしょう？　せっかく東京から来たのよ、玲人様と一緒に行きたいの。お引き受けしてはいただけないかしら」

「考えておくよ」

そう答えると、華子はやや安堵した様子で居間を出ていく。彼女の足音を聞いてから、玲人はあまりに破廉恥な冗談を口にした幼馴染みを非難した。

「確かに昨夜は、俺の寝室で酒を飲みながら雑談をした。だがあの後、お前が勝手に俺の寝台で寝こけたんだろう。だから俺はお前の部屋に移ったんだ。お前の寝相の悪さは知ってるからな。お前に寝顔など見せた覚えはない」

「何だよ、憎まれ口を叩いて。褒め言葉を賜《たまわ》りたいくらいだぞ、俺は一応、妹を撃退したんだから」

そうして、一つ年上の男の余裕を垣間見せた。

「華子がいたんじゃ、ゆっくりあの子を眺めてもいられないだろう？」

玲人は苦笑する。窓の外では、千冬がまだヒューベリオンと遊んでいた。

この幼馴染みには、何もかも見透かされている。

千冬は庭で、夢中でヒューベリオンと遊んでいた。

玲人から借りた毬を投げて、それをヒューベリオンが駆けて取りに行く。それを受け取り、また投げてやる。単純な遊びだが、一人と一匹はすっかり心を通じ合わせ、何度も何度も毬投げを繰り返す。

凍傷を負った足はまだ少しひりつくし、袖がたいそう重いのだが、大きく振りかぶって思いきり遠くに投げた。ヒューベリオンは喜び勇んで毬を取りに駆けていく。

戻ってくると、もっともっと遠くに投げろというように濡れた鼻面を押し付けてくる。

「…………」

(待って待って、すぐに投げるから)

どんなに遠くに投げても、ヒューベリオンはその長い脚で素早く雪の地面を蹴り、素晴らしい速さで戻ってくる。褒めてあげたいのに、口を開いても掠れた呼気が喉から漏れるばかりで、千冬はがっかりしてしまう。

そういえば、玲人はヒューベリオンをヒュー、と短く呼ぶ。ヒューベリオンはすぐに反応して、大好きな主のもとへと駆けていく。

叶世は、玲人を玲、と呼ぶ。伯爵様、と呼ぶこともあるが、あれは親しさからの冗談だろう。

千冬はもちろん、玲人の名を呼んだことはない。

だけど、玲人は千冬の名前をよく呼んでくれる。目もよく合うし、微笑みも向けてくれる。偽りとはいえ婚約者なのだから当然かもしれないのだけれど。その度に、どうしてか千冬はどきどきしてしまうのだ。

怖いどきどきではなく、胸が弾むような、逆に切ないような、どきどき。

いったい、この感情は何なんだろう？　叶世に聞いてみたら、教えてくれるだろうか？

(だって、あの人は華族様なんだ)

憎むべき人。華族様には心を許さない、という意地があったのは本当だ。それで正しいはずなのに。千冬は帯に差したベルを手の平で押さえる。

……玲人は、千冬が聞いている華族様とは、少し違う、そんな気もする。

それに、本当の悪人が、あんなに綺麗な瞳をしているものなのだろうか？　この屋敷には綺麗なもの、可愛らしいものがたくさんあるけれど、玲人の瞳は何より美しい色をしている。

ぼんやりしていると、毬を咥えて駆け戻ってきたヒューベリオンに押し倒されてしまう。大型犬を抱き締め、ころころ雪の上を転がっていると、すぐ傍に橙色の靴先とドレスの裾が見えた。

「はしたないのね。袖の中に雪が入るわよ」

千冬は慌てて身体を起こし、華子を見上げる。

「それ、お貸しなさいよ」

さっと白い手が差し出される。毬を寄越せ、と言われているのだ。

千冬は咄嗟に毬を背中に隠し、かぶりを振る。華子に貸すのが嫌なのではなく、散々庭先に投げたものなのだ。華子の手が汚れてしまう。だが、華子はそれを、千冬が毬投げを独り占めしようとしているものと勘違いしたらしい。明らかに腹を立てた様子だ。

「何よ。あなたの犬じゃないでしょう。私もヒューベリオンと遊びたいの」

そこまで言うのなら、きっと華子にも毬を渡した方がいいのだろう。千冬は困惑しながら、毬を差し出した。

「嫌だ。土とヒューベリオンの涎《よだれ》でべたべたじゃない。あなた、よくこんなもの平気で触っていられたわね」

文句を言いながら、毬を投げる。きっと毬投げなど滅多にしないのだろう。毬は、明後日《あさって》の方向の冬薔薇が植えられた十字形の花壇の中に入ってしまう。

千冬は心配になって、ちょっと背伸びをする。華子はつんと背中を反らした。

「大丈夫よ、ヒューベリオンはロシアの狩猟犬なのよ。あれくらい何でもないわ」

ヒューベリオンは、棘《とげ》だらけの花壇の前で少し足を止めたが、器用に花の根元に潜り込み、無事に毬を持って帰ってきた。

華子は今度は逆を向き、また毬を放る。ちょうど強い風が吹いて、毬はこの芝生の庭を囲んでいる石段の方へと飛んでいく。ヒューベリオンはすぐに毬を追っていったが、なかなか戻ってこない。

千冬は不安になって、ボールが投げられた方向へと歩きだした。駆けだしたいのが本当だが、包帯を厳重に巻かれた右足が上手く動かない。

「ちょっと、お待ちなさいよ！」

華子もドレスの裾を摘《つ》まんで後を追ってくる。ほどなく、ヒューベリオンを見付けた。石段の手前に植えられた、常緑樹を見上げている。毬は、その枝に引っ掛かっていた。ヒューベリオンがいくら跳ねても届かない場所だ。

千冬は辺りの地面を見回し、手頃な枝を見付けると、それで何とか毬をついて落とそうとした。

「ねえ、いいじゃない。そんな毬、お屋敷に帰ればいくらだってあるわよ」

千冬は困惑して、枝を手に俯く。千冬もそうだと思う。毬投げをして遊ぶ毬くらい、執事の田村に頼めばすぐに新しいものを出してくれるだろう。

だが、この毬は、ヒューベリオンが子供の頃、躾をするのに使ったと言って玲人が貸してくれたものなのだ。本当は処分されるところを、玲人に救われたヒューベリオン。ヒューベリオンは玲人が大好きだ。あの毬は、きっと、玲人にもヒューベリオンにも愛着があるに違いない。それに、この枝であと何度かつつけば、もうじき落ちてきそうなのだ。

華子は先に帰っていてくれたらいい。千冬は屋敷の方角を指差し、華子にそう伝えようとした。千冬はこのくらいの寒さは平気だが、東京からやって来た彼女にはつらいに違いなかった。だが、華子には千冬の意図を理解してもらえなかった。華子はいつまでも毬に拘っている千冬に苛立《いらだ》った様子だ。

「もうっ、いい加減になさいったら！　私にあてつけてるんだったら怒るわよ！」

華子はそう怒鳴って、千冬の手から毬をつついていた枝を奪ってしまった。しかし、それがヒューベリオンには華子が千冬に乱暴したように見えたらしい。ヒューベリオンは激しく吠え立て、華子のドレスの裾を噛み、千冬から引き離そうとする。大型犬に牙《きば》を剝かれ、華子は相当驚いたようだ。悲鳴を上げ、枝を振り翳《かざ》し、ヒューベリオンの横腹を叩いた。

「何するのよ！　この馬鹿犬！」

それはあっという間の出来事だった。腹を叩かれたヒューベリオンは、石段が途切れた箇所に続く長い階段を転がり落ちてしまったのだ。

（ヒューベリオン!!）

千冬は目を見開き、階段の踊り場で蹲《うずくま》っているヒューベリオンに駆け寄った。千冬も右足にまだ包帯を巻いている状態だが、走っても痛みなど少しも感じなかった。

千冬はヒューベリオンをぎゅっと抱き締めた。どこにも怪我がないか、必死に毛で覆われた全身を探る。ところが、右前脚に触れた途端、ヒューベリオンはきゅん、と鳴き声を上げる。

(ヒューベリオン、痛いの？　ごめん、ごめんね)

ヒューベリオンのその鳴き声に、華子は怯えたようだ。

「な、何よ。ヒューベリオンは動物なのよ、ちょっと階段から落ちたくらいで、そんなに血相を変えることないでしょう」

千冬は最早、華子の言葉を聞いていなかった。

ただただ、自分が怪我をしたかのようにぎゅっと胸が痛むのを感じた。

「……私、もう行くわよ。玲人様とお兄様に告げ口したら承知しないから！」

(待って。帰るなら、誰かをここに、呼んでください。助けを……！)

しかし、華子はドレスの裾を摘まみ上げると、大急ぎで階段を駆け上がり、屋敷の方へと帰っていった。


「千冬《ちふゆ》？」

千冬は息を荒げ、着物をぐずぐずと着崩した格好でサンルームのフランス窓の外側まで駆け付ける。奥の居間で、カンヴァスに向かっている叶世《かなせ》の前でソファに座っていた玲人《れいと》が、すぐに千冬に気付いた。

立ち上がって、フランス窓を開けてくれる。いつもは冷静で無表情の玲人も千冬の今の格好にさすがに驚いたようで、その薄茶色の目を見開いている。

「その格好は？　いったいどうしたんだ。さっきまで、華子《はなこ》ちゃんとヒューベリオンと毬《まり》投げをして遊んでたんじゃないのか？　華子ちゃんとヒューベリオンはどうしたんだ」

居間から、千冬の様子が見えていたらしい。

千冬は、手に握り締めたベルを振って、りん、りん、と何度も鳴らした。

はいと返事する時は一度、いいえと返事する時は二度振る約束だったが、今はその意図ではなかった。千冬はぼろぼろ涙を流しながら、玲人の手を引っ張った。

玲人に対してのわだかまりなど、すっかり忘れてしまっていた。

「千冬？」

玲人は困惑した様子で、サンルームから庭に出る。

千冬の格好もさることながら、千冬が自ら玲人に近寄ることも初めてで、玲人も驚いているのだ。それを千冬はまったく意識していなかった。

千冬は玲人の手を引き、テラスまで案内する。白い木材で隙間を空けて組んだ屋根を同じ材質の柱が支え、冬蔦《ふゆづた》が絡みついているその下に、ヒューベリオンが横たわっている。

怪我《けが》をしたヒューベリオンの前脚に、千冬は自分の帯揚げを引き抜いてきつめに巻いて固定してやった。着物がぐずぐずに着崩れてしまったのはそのためだ。

大型犬を抱えて歩くのは千冬にはとても無理だったので、落ちた階段の踊り場から中腰に屈《かが》んで歩き、ヒューベリオンを横から支えてこのテラスまでやって来たのだ。

「どうした？　遊んでいる間に怪我をしたのか？」

玲人に問われて、千冬はりん、とベルを鳴らした。華子のことを話すつもりは一切なかった。

筆を持ったまま叶世も何事かと駆けつけてくる。サンルームから、華子がこちらを窺《うかが》っているのが見えた。

玲人はヒューベリオンの傍《そば》に片膝《かたひざ》をつき、愛犬の横顔を窺う。誇り高き猟犬であるヒューベリオンは主《あるじ》の前で何とか立ち上がろうとするが、怪我をした前脚ではそれは無理だ。

「よしヒューベリオン、いい子だ。立たなくていい。叶世、悪いが田村《たむら》に言って担架に毛布をかけたものを持ってくるよう言ってくれ」

叶世はすぐに状況を察して、片手を上げ屋敷に戻っていく。華子は慌てたように顔を引っ込めた。

玲人は優しく、ヒューベリオンの頭を撫《な》でている。その手付きがとても優しくて、千冬はどんどん悲しくなってきた。玲人はヒューベリオンをとても可愛がっているのだ。

ヒューベリオンだって、せっかく千冬と遊んでくれたのに。我慢が出来ず、千冬は顔をくしゃくしゃにした。

「千冬？」

（ごめんなさい）

ひっ、ひっ、というみっともない嗚咽《おえつ》が零《こぼ》れる。千冬は手の甲で溢《あふ》れる涙を何度も何度も拭《ぬぐ》った。泣いて許されるとは思っていない。罰を与えてくれてもいい。ただ「ごめんなさい」すら言えない自分がもどかしい。

「馬鹿だな……、そんなに泣かなくていい。ヒューがすっかりはしゃいで興奮したせいだろう。お前が無茶な真似をしないことは、叶世も俺も、ちゃんと分かってるよ。怪我にしたって、先日のお前の凍傷ほど重篤《じゅうとく》じゃない。三日もあれば治るさ」

玲人が立ち上がり、千冬が気付かないほどの僅《わず》かな躊躇《ためら》いの後、千冬を抱き締めた。

「……お前は優しいな……」

大嫌いな華族様が相手のはずなのに、千冬は逃げなかった。びっくりして、しばらくすると涙が止まった。

千冬は知らなかったのだ。

雪の中に立っていても、人の腕の中にいればこんなに暖かいなんて。他人が、こんなに暖かいなんて。

今朝の空は、久しぶりに晴れていた。風もない、穏やかな日だった。

雪の紗《しゃ》がないせいか、海鳴りがよく聞こえる。千冬を拾った海岸も静かな波が寄せていることだろう。

昼近いこの時間、玲人はたいてい肖像画のモデルにあたっているか、書庫で本を読んでいるかのどちらかだが、今日は普段着のシャツとボトムを身に着け、居間のテラスに近いソファに座っている。膝に置いているのは以前、叶世のスケッチブックに書いた「いろは表」だ。千冬に、平仮名を教えてやっているのだ。

千冬はただでさえ零れ落ちそうに大きな目を見開き、大振袖《おおふりそで》をすっかり垂らして絨毯《じゅうたん》に座り込み、玲人の手元を覗《のぞ》き込んでいる。

「そう、これがお前の名前の『ちふゆ』、ヒューベリオンは、小さな『ゅ』が入って『ひゅーべりおん』だ」

ドレスを着、流行の化粧をした美女なら何人も知っているが、頬紅《ほおべに》すらさしていない千冬の頬はとても美しかった。清々しいほど白く、滑らかで美しい。長く濃い睫毛《まつげ》が人形めいている。海から生まれた真珠のような素肌だ。自分は本当に人魚姫を拾ったのではないかと、玲人は思う。

この子の体中、どこに口付けても、こちらの体温でとろんと溶けてしまうのではないか。そんな不埒《ふらち》なことを考えていると、千冬がちりん、とベルを鳴らした。覚えた、ということだろう。

そして、一生懸命な様子で玲人の顔を覗き込んでくる。

玲人の名前はどの文字か、と聞いているのだ。

「『れいと』だ。叶世は『かなせ』、華子ちゃんは『はなこ』。そのうち漢字も教えてやらなくてはいけないな」

玲人の瞳を見ても、千冬の表情はごく和らいでいる。昨日まではずいぶん怯《おび》えられ、嫌われていたと思う。ヒューベリオンが怪我をして、泣いているのを慰めるために雪の中、抱き締めてやってからだろうか。千冬の態度が、明らかに変わった。

今も、まだ緊張しているのはありありと感じるが、それでも昨日までの激しい感情は見られない。ただ、穏やかに玲人を頼りにしてくれているのが分かる。

その変化が玲人には嬉しく、今日の千冬の衣装選びは玲人が行った。千冬の毎日の衣装、着付けは叶世が行うが、今日、彼は昼前から出かける準備があるのだ。

「何だか気が進まないわ」

不機嫌な様子で居間に入ってきたのは華子だ。

いつもよりも、いっそう豪奢《ごうしゃ》で華やかなドレスを纏《まと》い、メイドに結い上げさせた髪にも愛らしいリボンを着けている。これから、黒川男爵の別荘で行われる園遊会に向かうのだ。エスコートをするのは玲人ではない。

昨日、華子には懇願されたが、ヒューベリオンの怪我が気になるからと言って、断った。華子は不満そうだったがすぐに引き下がってしまった。責めたり叱《しか》ったりするつもりはないが、ヒューベリオンが怪我をした原因は恐らく華子だろう。ヒューベリオンに付き添いたいという玲人に無理を言えるはずがなかった。

「華子、用意は済んだんだろう。こんな所で何を油を売ってるんだ」

「済んでるわ。いつでも出かけられるわよ」

「じゃあさっさと馬車に乗れよ、時間に遅れるぞ。先方に失礼じゃないか」

「だって、せっかくの園遊会なのに、お兄様のエスコートだなんて……」

華子のエスコート役は兄の叶世だ。

叶世は長身にテイルコートを着、手袋を嵌《は》めながら華子を叱る。さすがに社交界に名を馳《は》せるプレイボーイだけあって、正装は板についている。

千冬は初めて見る叶世の正装に、すっかり見入っている。叶世は軽快な物語の中の怪盗のように、にやりと笑った。

「正装を玲の専売特許だと思われるのは癪《しゃく》だからな。どうだ、千冬ちゃん。俺もなかなかのものだろう」

素直な千冬はこくこくと頷《うなず》く。ベルは、玲人との会話だけで使うものだと思っているらしく、叶世や田村との会話では首を縦に振ったり横に振ったりして答える。だが、玲人は千冬がベルを振る可憐な仕草が好きだ。

玲人と叶世と千冬、三人の和やかな様子が、華子には面白くなさそうだ。

「……やっぱり、気が進まないわ。お友達だってたくさん来る園遊会なのに。この年になってお兄様連れなんて恥ずかしいわよ」

「不満ならエスコートなしで、一人で行くんだな」

「…………」

「それが嫌なら先に馬車に乗っていなさい」

華子はしばらく膨れっ面で黙っていたが、渋々といった風で踵《きびす》を返し、居間を出て玄関に向かったようだ。

叶世が玲人に向かって肩を竦《すく》める。

「お前にエスコートしてもらうと先に友達に自慢して回ったんだろう。妹だからと甘やかすつもりはないが、一人で行かせるのはさすがに不憫《ふびん》だ」

「悪いな。だが実の兄とはいえ、天城《あまぎ》叶世にエスコートさせるだけでも世の女性の羨望《せんぼう》の的だろうに」

「妹にもそう考えるだけの謙虚さがあればね。まあいいさ、これで伯爵様に貸しが出来るなら安いもんだ。華子に気を使うなよ。帰りは恐らく夕方になる、お前は婚約者殿とのんびり過ごせよ」

華子の不機嫌の原因は、そこにもあるわけだ。玲人を、婚約者と二人きりにするのがどうしても気に入らない。

もっとも、華子が気にするようなことは何も起こるはずがないのだが。

玲人は颯爽《さっそう》と屋敷を出て馬車に乗った叶世を、千冬と共に見送った。

叶世と華子がいないと、屋敷はすっかり静まり返ってしまった。

玲人が庭師に例の風奏琴《ふうそうきん》の螺子《ねじ》を開けるよう言ってくれたので、風が通る度に、美しい旋律が居間まで聞こえてくる。

「いろは表」で玲人に文字を教わり、昼食を食べて、千冬は暖炉の前に寝そべっているヒューベリオンとしばらくじゃれて、いつの間にかそのまま寝入ってしまっていた。

……り、り、りん、という風奏琴の音色が、まるで子守唄のようだったのだ。

気がつけば、傍のソファで玲人が本を読んでいる。千冬は顔を上げて、口元に零れていた涎《よだれ》を拭う。

「俺一人が相手だと、お前も退屈だな。ヒューベリオンも今は養生しているし。遊び相手がいないと寂しいだろう」

千冬は驚いて、ベルを立て続けに振った。

叶世がいないのは寂しいし、ヒューベリオンの怪我も気になるけれど、こうしてのんびり昼寝をすることがどれほど贅沢《ぜいたく》なことか、千冬はよく分かっていた。それに——玲人の傍にいると、何だか、心がふんわりとするのだ。叶世に構われている時みたいにはしゃいだりびっくりしたりするのではないけれど、ただ穏やかで、温かい気持ちになる。

そして、覚えたばかりの「いろは表」と身振りを使い、玲人に質問をする。「園遊会」に出かけた叶世と華子は大丈夫だろうか。

普段、あまり仲が良くなさそうなのに、人が集まるという場所で二人は仲良くしているだろうか。ヒューベリオンに怪我をさせたせいで、華子には少し嫌な思いをさせているのではないだろうか。

だが、玲人は心配しなくていい、と言ってくれる。

「叶世は口は悪いが、人前で妹君に恥をかかせるような真似はしないよ。本当の兄妹だからこそああして遠慮なく悪口を言い合える。あれが他人同士の罵《ののし》り合いならそれこそ絶縁ものかもしれないが、血の繋《つな》がりというのはそう簡単に絶てるものでもないらしい。俺には兄弟がいないから、叶世たちが喧嘩をしているのが羨《うらや》ましかったな」

暖炉の炎をその緑がかった瞳で見詰める。そして、千冬に笑みを向けた。

「それに俺はお前の婚約者殿なんだから。やはり華子ちゃんのエスコートをするわけには、いかないいんだよ」

そして本を閉じると、ソファから立ち上がる。千冬もつられて、ヒューベリオンの傍から身を起こした。少し寝癖のついた髪を、玲人がその長く器用そうな指で直してくれる。

「退屈をしているなら面白い場所へ連れていってやろう。お前は庭の風奏琴や、そのハンドベルを気に入っているようだから、その場所もきっと好きになるよ」


庭に出て、ヒューベリオンが怪我をした例の石段を下りる。

まだ右足の覚束《おぼつか》ない千冬のために、玲人は手を引いてゆっくり歩いてくれた。

やがて見えてきたのは、円形をした白亜の小館だ。まるで鳥籠《とりかご》のような形で、ドォム型の屋根を持ち、一階、二階部分をぶち抜くようにぐるりと細く長い窓硝子《ガラス》が設《しつら》えられている。

「もう誰も使っていない建物だが、日に一度、風を入れるように言ってある」

中に入って気付いたが、窓硝子はやや青みがかっていて、海の底にいるかのような、ぼんやりとした薄青い空気が広がっている。

不思議な建物で、入り口から中に入るとただ円形の広間があるばかりで、窓と窓の間の壁には猫脚の戸棚が置かれている。二階は手摺《てす》りのついたベランダのような通路がぐるりと張り出しているだけで、そこへは入り口すぐにある螺旋《らせん》階段をゆるりと上っていくのだ。

千冬は呆然《ぼうぜん》と建物の中を見回していた。

少し気になることがあった。二階の窓からは光が溢れ、逆光になっていてよく分からないが、窓際に何かがたくさん吊《つ》るされて、きらきらと陽射《ひざ》しを反射しているのだ。

「昔はこの一階に、グランド・ピアノと女性が生活するためのベッドや衣装棚が置かれていた。もう必要がないのですべて処分したが」

誰かがここで生活していたということだろうか。玲人は千冬の表情を眺め、そうして螺旋階段を上っていく。

「大丈夫。ゆっくりと上がっておいで」

(不思議な家……、不思議な場所)

二階の通路に上がり、千冬は驚きに息を飲んだ。二階の窓は上部が半円となっている。そのさらに上の壁には、蔓薔薇《つるばら》を模した真鍮《しんちゅう》の棒がぐるりと渡され、そこには幾つもの風鈴がぶら下がっているのだ。

日本製の水に泳ぐ金魚が描かれたもの、長さの違う細い鉄の棒がぶら下がって揺れるとそれぞれが打ち合い音を鳴らす西洋風のもの、大陸風のものもある。

「この別荘には別名がある。『風奏館《ふうそうかん》』。祖父が、社交のしやすい山向こうの別荘地ではなく、この海際に別荘を建てたのは、自分の蒐集《コレクション》に没頭するためだ。祖父は風で音を立てる仕掛けが好きだった。だが、いくら敷地が広くとも、ずっと風鈴や風奏琴が鳴っているのはさすがに近所迷惑だからな」

千冬は少し笑顔を零した。風鈴は、とても可愛いと思うけれど。

すべての窓を開いて風を入れて、これだけの数の風鈴が一斉に鳴ったら大変な音だろう。

玲人は千冬の笑顔を見て、幸福そうに唇に弧を描いたが、次に口にした言葉は思いも寄らない、殺伐としたものだった。

「ここは、俺の母親が閉じ込められていた建物なんだ」

千冬は金魚の柄の風鈴をつついた格好で体と表情を強張《こわば》らせた。玲人は今、何と言ったろう。

閉じ込められていた。玲人の母親が？　ここに？

玲人はじっと、窓の外を見詰めている。母屋よりこの小館の方が海に近いので、浜辺の様子も窓からよく見える。今日は晴れて、陽射しはとても明るく、海面は輝かしくきらきらと光り、浜辺は波が来る度に、まるで光が押し寄せているかのように見える。

とても美しい光景だった。

「俺の祖父は一代で平民から成り上がり、金で伯爵号を買うにまで至った人だ。もちろんそれだけの事業を成し遂げる人だから大変な能力を持ってはいたんだろうが、恐ろしく強欲で我が強かったらしい」

風奏琴やこの小館に集められた風鈴、屋敷のギャラリーに置かれたハンドベルの蒐集が玲人の祖父の唯一の道楽だったそうだ。

音の鳴る美しいものを世界中から集め、集落から離れて建てたこの豪壮な別荘にこつこつと集める。客を招いてはそれらをすべて鳴らして披露して見せるのを、何よりも好んでいたという。

祖父が、本当に風鈴や風奏琴を愛していたのかどうか、よく分からない、と玲人は言った。宝石や時計、車を集めるのとは訳が違う。風鈴などは言わばただの玩具《がんぐ》なのだ。しかし繊細な鳴り楽器は世界の各国にあるもので、凝ったものなら小さな城を買えるほどの価値を持つものもある。そんな玩具を集めるために金銭を湯水のように使い、人々を驚かせる。

人が手間や金をかけないものを、敢《あ》えて熱心に、山ほど集めてみせる。凡人が欲しがるものは、有形、無形すべてもう手に入れたという誇示だ。玲人の祖父の、複雑で高慢な見栄を満たすには都合の良い道具だったとも言える。

「俺の父は一人息子だった。気持ちの優しい人で、祖父の事業を継ぐには不向きだったようだ。だが勉強熱心で、若い頃に英国に留学に出た。そこで、俺の母と出会ったんだ。母は英国人と日本人の混血で、父と共に日本に渡ることを選んだ。だが、祖父は父と母の結婚を決して許さず――二人は駆け落ちをして、北に逃げた」

その街の位置を聞けば、千冬が暮らしていた三直村《みのう》よりまだもっと北に位置していたようだ。玲人が寒さはつらくない、と言っていた理由が分かった。もっとも、三直村は地図にも載っていないほど小さな村なので、正確な位置づけは住んでいた千冬にも分からない。

玲人が生まれ、三人家族は幸福な日々を過ごしたが、玲人の父が流行《はや》り病で亡くなった。それは祖父が跡取りを探し始めるのと同時期だった。祖父は唯一の孫息子である玲人を探し出し、跡継ぎとして無理やり帝都へ連れ戻した。

その際に、母とは完全に引き離されたそうだ。玲人は、伯爵の地位を継ぐに相応《ふさわ》しい人間になるまでは母に会うことを許されず、その居場所も教えてはもらえなかったという。

玲人が祖父を語る口調は重く、とてもつらそうだった。

恐らく、この話の先に、もっと惨《むご》い、もっと酷《ひど》い話が待っているのだろう。千冬は玲人の声に懸命に耳を傾けた。

玲人は厳しい教育期間を経て社交界にも顔を出し、現在通う帝大では優秀な成績を修めている。しかし、二年前に祖父が亡くなり、玲人は伯爵となるまで、この別荘を訪れたことがなかった。祖父に許されなかったからだ。

玖珂《くが》伯爵を名乗ってようやく、幼い頃に引き離された母が、この小館に閉じ込められていたことを知った。

「……不思議だろう。息子をたらし込んだ汚らわしい異国の娘を、どうして自分の財産を注《つ》ぎ込んで造ったこの別荘の、しかも蒐集物を飾ったこの白亜の小館に閉じ込めたのか」

千冬は困惑しながらも、ベルを、ちりん、と鳴らした。

「母はとても美しい人だった。心も姿もだが、声も美しかった。あちらの国では歌姫として劇場に立っていたそうだ。風に乗るようにこの国にやって来た母を、祖父は蒐集物の一つとして考えていた。祖父の最悪の悪趣味だ。俺の母親であるという身分は一切伏せて、夜会などの折には客の前で歌を歌わせたと聞いている。もしもここから逃げれば俺を殺すと祖父は母を脅していた。母は、俺を案じて祖父の言いなりになり続けて、恐らく、歌を歌う程度じゃない、祖父の畜生にも劣るような要求も受けて、……結局、心を壊した。ここに住まって二年で亡くなった」

玲人は実の祖父に手酷い裏切りを受けていたのだ。

俺がいなければ――俺さえいなければ。

母は、生まれた国へ帰れたかもしれないのに。

玲人の口調は窓の向こうの波のように、穏やかだった。けれど海鳴りと同じく、心を切なくさせる。

千冬はベルを持つ。けれどそのまま居竦んでしまった。今千冬が玲人に伝えたいのは、「はい」や「いいえ」ではなかった。そして今、手元に「いろは表」はない。

言葉が話せないことを、ずっともどかしく、不安に思ってはいた。けれど、こんなにも玲人と話したいと思ったことはなかった。いいや、もしも言葉を口に出来たとしても何を言ったらいいのか分からないけれど……。

千冬は長い間悩んで、ものすごく悩んで、それから決めた。左足でとんと床を蹴《け》り、玲人に思いきり抱き付いた。いや、抱き付いたのではなく、抱き締めたつもりだった。

悲しまないで。

玲人に悲しい過去があることはよく分かったから。きっと千冬などには癒しきれない傷を今に残していると、千冬には分かったから。

だから精一杯の気持ちを込めて、千冬は玲人を抱き締めた。以前、玲人はヒューベリオンに怪我をさせて泣いた千冬を抱き締めてくれた。あの暖かさで、玲人を包んであげたかった。

「……ありがとう」

玲人の声は、どんな風鈴より美しい。

玲人をもっともっと勇気付けてあげたくて、千冬は今の自分に出来ることを必死で考える。そうだ、いつもいつも、持ち歩いている千冬のお守り。今も、胸元に忍ばせてある、千冬の大切な大切なお守り。

玲人にあれを触らせてあげたら、ほっとするだろうか。あれを、玲人に見せてみようか。いいや、駄目だ。

千冬以外の人があの小袋を見ても、薄汚い包みにしか見えないだろう。それに、これはあの子からの預かり物なのだから。千冬は残念に思ったけれど、玲人は千冬の思い切った感情表現に、とても穏やかな表情をしている。

「ありがとう千冬。お前にはつらい出来事だっただろうが、お前が俺の手元に流れてきてくれて――お前を拾って本当によかった」

人差し指の先で顎《あご》を持ち上げられ、その優しい言葉を乗せた唇が、千冬の頬にそっと触れた。

千冬はびっくりして真っ赤になった。

手の甲に、口付けられたことはあったけれど。あの時も驚いたけれど、今の千冬は何故か、胸がどきどきしている。嬉しくて、悲しくて、切なくて。たくさんの感情が一気に押し寄せて、混乱しきった胸が、激しく鳴っている。

それから千冬は、ん？　と首を傾《かし》げる。

玲人は今、「お前を拾って本当によかった」と言ったのではないか。浜辺に打ち上げられた千冬を助けたのは叶世だと聞いていたし、千冬もそれを信じていた。しかし今、玲人は自分が千冬を拾ったとはっきり言った。

そうだ、考えてみれば玲人は毎朝、ヒューベリオンと散歩に出かける。千冬を拾ったその日も、玲人はヒューベリオンとの散歩の途中だったのではないだろうか。寝坊の叶世が朝の

浜辺を散歩するとは考えにくい。

玲人も、自分の失言に気付いたようだ。千冬が説明を求めて、顔を真っ赤にしながらベルをりんりん鳴らしても、素知らぬふりで踵を返す。

「風鈴には一つ一つ、異なる音色がある。指でつついて遊んでおいで。一時間ほどしたらお茶の時間だ。今日はこちらに運ばせよう」

説明はくれないつもりらしい。けれどきっと、真実はそちらだ。

千冬を助けてくれたのは、玲人なのだ。千冬が、華族であり異色の瞳を持つ玲人に対して怯えているのを察して、敢えて自分が千冬の命の恩人だとは名乗らなかったのだ。

何だか泣きたい気持ちになって、でも千冬はにっこり笑って、頷いた。

悲しい思い出のある場所だと聞いたばかりだけれど、ここはとても綺麗《きれい》な建物だ。もしも出来るならば、玲人のこの場所に対するこれからの記憶が、とても優しいものになればいいと思う。千冬も、その手伝いが出来ればどれほど嬉しいか知れない。

(あれ、何で俺、こんなことを考えてるんだろう……)

玲人が螺旋階段を下りていく。その足音を聞きながら、胸に手を当てる。

(……玲人様のことなんて、大嫌いなはずだったのに)

顔を上げた千冬は、目の前に緑の硝子で出来た風鈴があることに気付いた。やや小ぶりだが薄い薄い硝子で、縁はメイドが着けている前掛けのフリルのように波打ち、さらに小花の浮き彫りが施されている。

ひっそりと息を潜めているようなその小さな風鈴を、千冬はちょん、と押してみた。

だが、音がしない。

（あれ……？）

「…………？」

「ああ……」

すでに階下に下り、出入り口の扉に手をかけた玲人から、千冬が困惑する様子が見えていたらしい。

「この館で唯一、その風鈴だけは鳴らないんだ。中を見てご覧、打ち玉が下がってないだろう？」

本当だ。普通の風鈴に入っている打ち玉が、この風鈴には下がっていない。

「その風鈴は俺にはとても……、多分、この小館の風鈴の中で唯一大切なものなんだが……打ち玉は、俺よりそれに相応しい子にあげてしまったんだ」

（……あげちゃったんだ）

とても大切な風鈴の打ち玉を、千冬の知らない誰かにあげてしまった。

玲人が小館を出ていく。千冬は窓に駆け寄り、本邸に戻っていく玲人の後ろ姿をいつまでも見下ろしていた。

どうしてだろう？

風鈴が一つ、鳴らなかっただけの話なのに。

さっきまでうきうきと弾んでいた胸が、どうしてか、今は悲しいように静まって凪《な》いでいるのだ。


本邸の居間に戻り、ソファに座った玲人は、執事の田村に午後のお茶は小館に用意させるように告げる。

祖父と玲人の確執を知っている田村はやや驚きの表情を見せたが、すぐにいつもの無表情を取り戻し、メイドたちに指示を出していた。

「……情けないものだな」

暖炉の炎を見詰め、玲人は独語した。自分の、あんな重苦しい過去を、千冬に話すつもりはなかったのに。千冬も玲人の生い立ちを聞かされても、困惑したばかりに違いない。口が利けないあの子は、まるで歌を忘れて鳥籠に閉じ込められたカナリヤのように思え、そうして、どうしても母のことを思い起こさせたのだ。

――けれど、あの子は、疎ましげな様子を一切見せず、玲人を抱き締めようとしてくれた。小鳥が羽を羽ばたかせるように、着物の袖を揺らし、両手を広げて。

本当は思い出したくもない記憶だが、玲人の思い出に、あの子の心の琴線に触れるものがあったのだろうか。そしてふと、玲人は千冬が緑の風鈴に見蕩《みと》れていたことを思い出す。

あの風鈴は、母の形見だった。母が英国から父と共にこちらに来る折、祖父が風鈴などを蒐集していると父から聞き、英国の風鈴を土産《みやげ》として持ってきたのだ。

母は心根の優しい人だった。祖父への機嫌取りではなく、ただ、自分の父ともなる人を喜ばせたかったのだろう。母国を離れることに不安もあっただろうに、祖父への気持ちを何より優先させた。だが当然、祖父はその風鈴の受け取りを拒否した。

駆け落ちを果たし、父母と玲人の三人で暮らしている間、あの風鈴は住まっていた家の窓辺に飾られ、澄んだ音を鳴らしたものだ。北国だったから暑さを凌《しの》ぐためにそれほど風鈴が必要だったわけではないが、単純に姿も音もとても綺麗だった。

玲人が東京に連れていかれる時、母にはもう二度とは会えぬかもしれないという予感があったのだろう。居場所を気付かれた以上、決して祖父には抗《あらが》えないことも理解していたのだ。自分の形見のつもりだったのか、玲人にこの風鈴を布巾《ふきん》に包んで渡した。

玲人が無理やり押し込まれた馬車は、母と引き離された玲人の涙と啜《すす》り泣きを無視して一路、東京へと向かった。真冬のことで、御者はとにかく早く南方へ向かいたかったのだろう。近道のつもりだったのか、山間に入り、馬車は小さな村を横切った。だが確か冬の初めの霙《みぞれ》でぬかるんだ道に車輪が取られ、馬車が往生して――

そこで出会ったのだ。

あの風鈴の打ち玉。真珠の打ち玉をあげた少女に。不意に訪れた母との別離に涙を流すしかなかった玲人に、顔を上げて現状と立ち向かう勇気と誇りをくれた、あの小さな子に。

玲人が伯爵号を継いだ二つの理由。

一つは母に会うため。これは果たせなかった。

そしてもう一つは、真珠の打ち玉をあげた、あの少女を見付け出すためだった。

今も調査を進めているが、結果は芳しくない。何しろ、彼女に出会った村を探し出すことは現在の玲人の力をもってしても、非常に困難だからだ。御者が近道を見付けたあの山間には、地図には載せられない村がたくさんある。それは今にも崩れそうな崖《がけ》の下や、毎年梅雨には川が氾濫《はんらん》する危険な土地で、どの村も貧しく、村人たちは痩《や》せた土地を細々耕して生活している。あまりの貧しさに徴税をあてにも出来ず、政府すら存在を無視しているという有り様だ。

何度となくあの地方に使者を放っているが、芳しい情報は得られない。自分の願いは、ことごとく叶えられない。昔からそうなのだ。

時折、あれは母親恋しさのあまりに玲人が見た夢の中の出来事ではなかったかと思う。母の魂はきっと母国へと帰っていった。母の形見だった風鈴の打ち玉も、海へ帰ってしまったのだろう。

それでも、最後の最後で、玲人は諦《あきら》められない。

何故なら恐らく、玲人はあの少女に、今もまだ、恋をしているからだ。


小館でお茶を飲み、晩餐《ばんさん》も千冬と二人で取った。

正面に座る千冬は、何だかもじもじとしていて、玲人と目が合う度に、気恥ずかしそうに笑った。その笑顔が、玲人には愛くるしく思えてならない。

夕方に館にやって来た医師に見せると、凍傷で酷い状態だった足もすっかり良くなっているという。ヒューベリオンも同じく、もう元の通りすっかり元気だ。一人と一匹はお互い嬉しそうに居間の絨毯の上でじゃれ合っていた。

玄関が賑《にぎ》やかになったのは、すっかり夜が近くになってからだ。何だかんだと揉《も》めながら出ていったが、叶世も華子も園遊会を楽しんだのだろう。

華子が居間に飛び込んでくる。

「玲人様！　聞いて頂戴《ちょうだい》、酷いのよ！　お兄様ったら！」

ぷりぷりと怒りながら、メイドにコートを脱がさせている。

「殿方がエスコートをしてくださると言ったら、当然ずっとこちらの傍にいてくださるものではなくて？　お兄様ったら私がお友達とお話ししている間にふいといなくなられて、私、ダンスをする相手がいなくてとても困ったのよ」

「俺にも俺の付き合いがある。友人を見付けたからシガールームにいたんだ。それに吉野《よしの》子爵の息子さんたちご一同が、お前を是非にとダンスに誘っていただろう。片っ端から断ったのはお前じゃないか」

「嫌よ、同い年の男の子なんてまったく子供だわ。ワルツの間に足を踏まれるのが落ちよ。あの子たちと踊るくらいなら、お兄様と踊る方がずっとましよ。でも、もういいわ。お兄様と園遊会なんて、もう二度と行かないんだから」

舞踏会の手帖《てちょう》をぱんと床に叩き付けて、華子は言い放つ。叶世はやれやれと肩を竦めるばかりだ。

玲人はじろりと叶世を見た。シガールームにいた、というのは大嘘だろう。

恐らく、以前から懇意にしていたどこぞの淑女と出会って、人けのない場所で秘密の逢瀬《おうせ》を持ったに違いない。それに気付かない華子は、生意気盛りとはいえまだまだ少女なのだ。

彼女は、サンルームの窓辺に千冬が立っているのに気付いた。フランス窓には、千冬が小館から持ってきた風鈴が一つ、ぶら下がっている。

千冬はあの小館がとても気に入ったようで、夕暮れになってもずっとあそこにいたい風だったが、寝具も何もない場所にいさせるわけにはいかない。

だから気に入った風鈴を一つ選ばせ、本邸に飾らせることにしたのだ。

華子は目聡《めざと》くそれを見付けてしまった。

「あの風鈴は？　どうされたの？」

「ああ。千冬に小館の鍵を渡したものだから。あの風鈴はそこから持ってきたものだよ」

「じゃあ千冬さんが持っていらしたの？　あの小館に入って？」

長い髪をさっと揺らして、ヒューベリオンと遊んでいた千冬を睨《にら》みつける。千冬はびっくりした顔でこちらを見返した。

「嘘でしょう。小館って、海際にある真っ白い、綺麗なお館でしょう？　確か、風鈴をたくさん飾っているんだって玲人様がおっしゃってたわ。この前、玲人様にお庭を案内していただいた時に外から拝見したのよ」

風鈴をつつく千冬の表情があまりに可愛いのですっかり忘れていたが、母の暮らした小館だからと、華子には、人の立ち入りを今は禁じていると話したのだ。いや、華子でなくとも、世話人以外の他人の出入りは許していない。

華子はたいそうな剣幕《けんまく》でまくし立てた。

「酷いわ。私だって入りたいわ。玲人様のお母様の思い出の場所なんでしょう？　どうして千冬さんにはお許しになったの？　ずるいわ、そんなの」

「千冬は口が利けないものだから、音が鳴るものが傍にあるとほっとするらしいんだ」

そこに叶世が茶々を入れる。

「よせよせ。お前みたいに短気な御令嬢が風鈴なんて繊細なものに触るもんじゃない。割って壊すのが落ちだ」

「お兄様の意地悪!!」

タイに右手の指をかけ、西洋人のように左手を掲げて叶世はソファにどさりと座る。兄のからかいに、華子は激怒して居間を飛び出していった。

千冬は目を丸くして驚いている。

こうして、玲人と千冬は二人きりの一日を終えたのだった。


今日はどの風鈴を選ぼうかな。

千冬は最近、朝食を終えると、玲人から借りた鍵を持って小館に向かう。毎日飽きずに風鈴をつついて回り、そのうち一つだけ選んで、玲人か叶世に頼んで本邸のサンルームに飾ってもらう。千冬はそれを眺め、とても嬉しい気持ちになる。

風鈴が鳴る度に、ヒューベリオンの耳がぴくりと動き、それがたいそう面白かった。

小館に着いた千冬は例の緑の風鈴を手にする。それからふと思い立って、海辺に向かった。

実は、鳴らないこの風鈴のことがずっと気になっていたのだ。打ち玉を誰かにあげてしまったという緑の風鈴。

(打ち玉をあげたのは、きっと玲人様の大切な人なんだろうな。どんな人なんだろう。華子さんより、もっともっと、綺麗な人なのかな……)

それは気になるけれど、とにかくこの鳴らない風鈴を鳴らしてあげたいと思った。

もしかしたら、海辺で綺麗な小石が拾えるかもしれない。それを打ち玉にしたらどうだろう。もう凍傷もすっかりよくなったと医師にも言われたし、海辺を歩き回っても平気だ。千冬はそう考えながら、小館から持ち出した風鈴を手に波打ち際を歩いた。

なかなか小石が見つからないので、千冬は草履《ぞうり》と足袋《たび》を脱ぎ、着物を捲《まく》って、脛《すね》まで水の中に入った。水がとても冷たい。着物の裾《すそ》も、水飛沫《みずしぶき》で濡《ぬ》れてしまう。この風鈴だけは濡らさないようにしなければ。

小石はやはり見つからず、千冬はふう、と溜息《ためいき》をつく。

胸元に手を当て、そうだ、と思った。いつも持ち歩いているお守りの小袋を取り出す。わざわざ小石を拾わなくても、この中に入っているものを使えば——

「ちょっと、あなた。何をしているのよ」

いつの間にか、華子が浜辺に立っていた。深窓の令嬢である彼女に、風が吹き渡るこの浜辺はあまり似つかわしくなかった。まさか、千冬を追ってきたのだろうか。

華子は腕組みをして千冬を睨み下ろしている。

「それは小館にある風鈴なんでしょう？　こんなところまで持ち出して、そんな勝手をしていいと思ってるの？　着物だって、裾をそんなに濡らして……玲人様のお祖母様のお衣装をお借りしているんだって、私、知ってるのよ。脚も丸出しにして、本当に育ちが悪いのね」

（ごめんなさい）

千冬は水に足を浸《つ》けたまま、ぺこぺこと頭を下げた。

その無抵抗で素直な仕草が、華子にはいっそう気に入らなかったらしい。どうやら馬鹿にされている、と感じたようだ。

「玲人様に優しくされているからといって、図に乗らないで頂戴。異国育ちも結構だけど、日本にいるなら日本の礼儀に従いなさいよ。謝る時は、相手の足元に跪《ひざまず》いて頭を下げるものよ。さっさとそこから出てきなさい」

千冬が大急ぎで水から出ると、華子は千冬が持っているお守りの小袋に気付いた。

「何よそれ。何を持ってるの？　まさか、他にも玲人様にお借りしているものがあるの？見せなさいよ」

千冬は慌ててかぶりを振る。これは、玲人から預かったものではなく、千冬のお守りだ。

「見せなさいってば！」

嫌だ、と体を捩《よじ》ったが、結局、手の平から強引に奪われてしまう。

「何よ、これ。ただのお守りじゃない。こんなに薄汚れて……まさか玲人様のものじゃないわよね。あなたのものなの？」

(駄目、それは駄目。返して)

千冬の泣きだしそうな表情に気付き、華子は勝ち誇ったような微笑を見せた。

「ふうん。あなたのものなのね。いいわよ、返してあげる」

そう言って、千冬のお守りを波打つ海へ投げてしまった。千冬は悲鳴の代わりに、ひゅう、と呼気を漏らす。

(ああっ!!)

波の狭間《はざま》でぽちゃんと飛沫が上がる。千冬は呆然としていた。

「ああら、大変。ごめんなさい、ヒューベリオンと毬投げをした時もそうだったけれど、私、ものを投げるのが下手なのよ」

「……………」

「玲人様を独り占めした罰よ。あなたを海に突き落とさなかっただけでもありがたいと思いなさいよ。ヒューベリオンが怪我をした時は口止めをしたけど、あんなの必要なかったわね。だって、あなたどうせ口が利けないんだもの」

ふふ、と笑って、立ち尽くす千冬を放ったまま、屋敷の方向へ帰っていく。

千冬は風鈴を草履の上にそっと置き、再び海へと入った。風が強くなったようだ。波が、少しずつ高くなっている。

（俺の、俺のお守り）

千冬はもう着物が濡れるのも構わず、水に腕を突っ込み、華子に放り投げられたお守りを探した。重たくはない小袋だが、水を吸って沈んだようで、どこにあるのか少しも分からない。

（早く探さなきゃ、海に溶けちゃう。海に帰っちゃう）

母を亡くし、村を追われ、花街に売られた千冬が唯一持っている綺麗なもの。家族も帰る場所もない千冬が持っている、たった一つの持ち物なのに。悲しそうな表情をしたあの子がくれた、とても大切なものなのに。

千冬は泣きながら、海の中でお守りを探し続けた。見上げれば、いつの間にか空が曇り、冷たい雨が降りだしていた。


「千冬？」

玲人は、屋敷中を歩いて千冬を探している。

夕食の時間だが、千冬の姿がないのだ。もう小腹を空かせて、小館から戻っていてもいいはずの時間だった。今日は千冬の大好物のきのこソースの煮込みハンバーグステーキがメニューだと言ってある。柔らかく、カトラリでも食べやすいと千冬が気に入りで、メイドに頼んで度々作らせている。

絵筆の手入れをしていた叶世に尋ねたが、昼食の後から見かけていないという。

「俺もさっきから探してるんだ。今日もモデルを引き受けてもらおうと思って。そら、このカンヴァスだ」

例の、千冬が暖炉の傍で大陸製のランタンを持っている一枚だ。叶世は自分の腕に満足したようにシガーをふかしている。

「もうじき仕上がりそうなんだ」

「ふうん……いい出来だ」

幼馴染《おさなじ》みの腕は素晴らしいが、今は千冬の居所が気がかりで仕方がない。落ち着かない気持ちでいると、窓の外には雨が降り始めた。玄関ホールから、華子が歩いてきた。上手《うま》く雨にかからなかったのか、それほど濡れてはいない。

「華子、千冬ちゃんを見かけてないか？　さっきから姿が見えないらしいんだ」

「知らないわ。私、お庭をお散歩していただけだもの。雨が降ってきたから急いで戻ったのよ」

横顔を見せたまま、うっすら笑みを浮かべている。

「何だか千冬さんって育ちが悪くていらっしゃるのね。陽が落ちるまで一人でお外をうろうろしているなんて、私や私のお友達なら、考えも出来ないことだわ」

華子はそう言って、階段を上がり自室へと向かっていく。

叶世は咥《くわ》え煙草のまま、呆《あき》れきった様子で肩を竦めた。

「わが妹ながら、嘘がつけない奴だな。千冬ちゃんは外にいるらしい。多分海だ」

華子が自室へ向かったのは、恐らくシャワーを浴び、着替えをするためだ。潮風を浴びて衣服がべたついているのだろう。

華子を疑いたくはない。しかし。

「……嫌な予感がする。叶世、一緒に来てくれ」

叶世も情況を察したらしい。二人の青年は足早に海岸へと向かった。

「千冬！」

砂浜に下りると、玲人は声を限りに叫んだ。しかしその声は、波打ち際の強い風に掻《か》き消されてしまう。

「千冬！　千冬‼」

降り頻《しき》る雨、降りかかる波飛沫に、玲人も叶世も、髪や衣服をびしょ濡れにする。それでも怯《ひる》みなく、玲人は千冬の名前を呼び続けた。

「畜生、いったいどこに……、まさか――」

玲人は最悪の想像に体を一瞬震わせた。また、溺《おぼ》れているのではあるまいか。

千冬を失う恐怖を堪《こら》えるため、血が滲《にじ》むほど手を固く握り締める。

その時、緩やかな稜線《りょうせん》の向こうに、衣服を着たまま海の中に入り、波と遊ぶ千冬の姿を見付けた。いや、遊んで——いるのではなかった。千冬は波を掻き分け、底の砂をすくっては夕暮れの薄闇の中、それを検分している。何度も何度もそれを繰り返している。

「千冬！」

「千冬ちゃん！」

玲人と叶世は二人がかりで千冬を海から引き摺り出す。千冬は半ば正気を失い、海に戻ろうと手足をばたつかせる。

「何て馬鹿な真似を……！　いったいどうしたんだ！　何があったんだ！」

千冬はぽろぽろと涙を零しながら、焦点の合わない目で玲人を見上げた。

けれど、海に浸かり、雨に打たれた千冬の体はもう完全に冷えきっている。最早意識を保つ気力もないのか、千冬はその場で倒れてしまった。

「熱が高い。今夜中に熱が下がらなければ、街の病院に入院をさせなければならないそうだ」

玲人の緊張した声が聞こえる。

千冬の視界は、まだ雨が降っているようにぼんやりかすんでいる。

千冬は濡れた着物を着替えさせられ、寝台に横たわっているらしい。寝台の傍に海に持ち出した緑の風鈴が置かれているのを見てほっとしたが、これが現実なのかどうかよく分からない。強い薬を飲まされ、千冬はさっきからずっと現実の輪郭を失い、次々と夢を見続けている。

綺麗な色彩の絵。これは叶世に見せてもらった画集の夢。翠帳《すいちょう》や衣桁《いこう》にかけられた、玲人の祖母のものだという衣装の数々。焚《た》き染めたお香の心安らぐ香り。

不意に夢は真っ暗になる。暗い、冷たい海。止まりかけた呼吸、引き裂かれたまま、波をたゆたう緋襦袢《ひじゅばん》――雪深い、千冬が育った故郷のこと。

千冬の記憶は、どんどん時間を遡《さかのぼ》る。心身が弱りきり、体が小さく小さく感じるせいだ。

千冬は五歳。

母と二人で住んでいた掘っ立て小屋の、軒下にしゃがみ込んでいる。霙交じりのびしゃびしゃの雨が降っていて、空気は切れるように冷たい。草鞋《わらじ》や、綿がすっかり抜けた着物は湿気を帯びて冷えきっており、千冬は小さく体を縮めながらぶるぶる震えている。呼気を指先に吹きかけたが、視界がいっそう白く染まるばかりで温めることは出来ない。

しかしどんなに寒くても、家の中に入ることは禁じられていた。母が「客」と会っている間は、千冬はこうして外で待っているしかなかった。

千冬は一切母に泣き言を言わなかった。

母がこうして働いてくれることで、貧しいながら母子二人が生活出来るのだと、幼い千冬は理解していたのだ。

小屋の前は泥道で、木柵のその向こうに今の季節はただ枯れ野原となる畑や田んぼが広がっている。村の人々が暮らしている集落はさらにその向こうにあった。

千冬がもう一度指先に息を吹きかけた時、泥道のずっと向こうから、がらがらと、何か重たげな音が近付いてきた。目を向けると、時折村を横切っていく馬車、という乗り物がこちらに向かっている。確か、街などに住む豊かな人たちが使う乗り物だ。

真《ま》っ直《す》ぐ千冬の前を通り過ぎるかと思った馬車は、しかし、泥道のぬかるみに車輪を取られ、脱輪したらしい。男が停まった馬車の御者台から降りて、車輪の傍にしゃがみ込むと、座席の扉が内側から開けられる。

「坊ちゃん、外に出ちゃあいけませんよ。霙が降ってたいそうな寒さですから」

御者の制止にもかかわらず、馬車から降り立ったのは十二、三歳の少年だ。

暖かそうな西洋風の衣服を着ている。茶色地に、赤と乳白色が細かに交差した柄の上着と膝下までの半ズボンで、シャツには赤いリボンタイを締めている。ハイソックスを履き、足元は茶色の革靴だ。

衣服と同じ柄の帽子を取ると、少年の容貌《ようぼう》が明らかになった。蜂蜜《はちみつ》のような薄茶色い髪に、同じ色の瞳。澄んだ肌。千冬が生まれて初めて見る、あまりにも美しい少年だった。

だが、少年の表情は冴《さ》えなかった。唇を引き結び、その頬には濃い悲しみと疲労を感じ取れた。

脱輪は酷いらしく、御者はかなり難儀している。

少年は霙に怯むことなく、周囲を見回していたが、やがて小屋の軒下にいる千冬に気がついた。千冬もびっくりしたが、相手も驚いたようだ。

あんなに綺麗な子が、冷たい霙に濡れて、いったい何をしているのだろう。千冬は普段は見ることもない少年の美しさに、薄い胸をどきどきさせながら立ち上がって手を振ろうと思う。

だが、すぐにそんなことをしても意味がないと気付く。

少年は暖かい馬車の中に戻ればいいのだ。裕福な家庭の子息に違いなく、このみすぼらしい小屋に近付くのは嫌だろう。綺麗な服が汚れてしまう。誘ったら、笑われてしまうかもしれない。

けれど、少年は何ら迷った様子もなくこちらに近付いてきた。脇に帽子を挟み、ズボンに包まれた膝に手をついて上半身を屈めると、しゃがみ込む千冬の顔を覗き込んでいる。

「どうしたの？　こんな所にいて、寒くないの？」

表情が冴えない、と思ったのは気のせいだっただろうか。少年はごく朗らかな様子だった。

柔らかい、うっとりとするような優しい声で少年が千冬に問いかける。

千冬はおどおどと少年を見上げて、間近で見るその圧倒的な美貌にただ見蕩れてしまう。

「ここは君のお家？　中に入らないの？」

「…………」

事情を話すわけにもいかず、千冬は項垂《うなだ》れた。

「雪を、見てるだけ」

「寒くないの？」

「大丈夫。雪は、雪は綺麗だから好き。だから見てる」

千冬は必死に言い張った。中では母が仕事をしているのだ。千冬がここで寒さに耐えるのは、母の仕事を支えることに繋がるのだ。恥ずかしいけれど、千冬には、他に出来ることが何もないのだ。今日も村へ行って、何か仕事はないか、手伝えることはないかと方々の家で尋ねたが、断られた。村人たちの生活も苦しい。乏しい食料を、数にも入らない五歳の子供の手助けなどと交換してもらえるはずがなかった。

だから千冬はここにいるしかない。

他に何も出来ない。それが千冬の現実だった。

いかにも敏《さと》そうな少年は、何か中には入れない事情があると気付いたようだ。好き好んでこんな天気に震えながら雪を見る者などいるはずがない。

少年は、嘘を貫くためにじっと雪を見詰める千冬を、しばらく黙って眺めていた。

「いいものあげようか」

上着のポケットから、何かを取り出す。開かれた少年の手の平には、不思議な丸い、小粒の小石が乗っていた。白いけれど、細かな輝きが入っている。そう、確か白銀色――雪の色だ。

「ね、綺麗だよね。今日の雪に似てる」

これを、千冬にくれようと言うのだ。

千冬は驚いてかぶりを振った。確かにこれはとても綺麗だけれど。こんなもの、見たこともないけれど。こんなものは、千冬が持っていていいものではない。しかし、馬車を修理していた御者が、脱輪が直ったと少年を呼ぶ。

少年は慌ただしく、小石を千冬に握らせた。

「真珠っていうんだよ。海の底で貝に包まれて育つものなんだ。本当は、俺のお母さんの――に取り付けるものなんだけど、移動の間はあんまり音を鳴らすと真珠が傷んでしまうから。外してたんだ。雪が大好きな君が持っているのがいいと思うから」

何に、取り付けると言ったのか、千冬にはよく聞き取れなかった。音が鳴る？　何のこと？

「僕は、今から遠くに行くんだ。そこで何が起きるのか分からないから。誰かに持っていてもらいたいんだ。ね？」

「…………」

「いつか返してもらいに来るかもしれない。だからずっと待っていてね」

千冬は心をときめかせた。頬が期待にぽうっと温かくなる。また、この少年に会えるということだろうか。

だがそれを問う暇はなく、少年は馬車へと戻っていった。

家の中に入れず、雪を見ているだけだと精一杯の強がりを見せる千冬を不憫に思ったのだろうと、幼い千冬にもぼんやりと少年の心理が分かる。この真珠が、千冬が持っていてはいけない、稀少《きしょう》な、高価なものだということも分かる。

けれど、それは美しいもの、幸福なものを何も知らなかった千冬にとって、大切なお守りになった。優しくされたことのない千冬に、初めて手渡された優しさ。それが雪の色をした真珠だった。

そしてこの真珠を持っていたら、きっとまた、あの少年に会えるかもしれない。

だから、失《な》くしてはいけない。お守り、というよりは、小袋に入れたあの真珠は、いつか本当にあの少年に会えるかもしれないという希望だった。

最初に、少年に物憂げなものを感じたのは気のせいではなかった。これから行く先に何が起きるか分からない、そう言った少年の瞳が、強い不安に翳《かげ》ったことに千冬は無意識に気付いていた。

真冬の雨の中、波際をさ迷い続け、その夜が山場だと言われていた千冬の高熱は、夜明け前にようやく下がり始めた。

朦朧《もうろう》としながら、メイドたちが傍らで立ち働き、玲人と叶世も千冬の汗を吸った寝巻きを替え、ずれた氷嚢《ひょうのう》を直してくれるのを感じる。

朝になり、玲人がヒューベリオンの散歩のために寝室を出た折に、華子がやって来た。寝台の枕元の椅子に座っていた叶世が立ち上がり、窓辺に華子を連れていくと、強い口調で妹を問い詰めた。その声は、ぼんやりと千冬に聞こえていた。

「お前、また千冬ちゃんに何かしたんじゃないだろうな」

「何のこと？　それにまた、とはずいぶんな言いようね」

「とぼけるな。以前にヒューベリオンが怪我をした時にも、お前が絡んでるんだろう。千冬ちゃんは黙ってたが、あの子は頭がいい子だ。ヒューベリオンに怪我をさせるような不注意はしないよ」

「黙るも何も、千冬さんは口が利けないんじゃない」

華子がおかしそうに嘲笑《ちょうしょう》するが、叶世は沈黙している。

腕組みをし、強い眼差《まなざ》しで妹を睨んでいる様子が感じられる。さすがに華子は怯み、うろたえたように窓の方向に顔を逸《そ》らした気配がした。

「ヒューベリオンのことなんて知らないわ。今回のことだって、私に何も分かるわけがないでしょう、真冬の海で水遊びをする理由なんて。少し幼いだけかと思っていたのに、千冬さんは、伯爵様のご婚約者としては少しおかしくていらっしゃるわ」

華子は自分の言葉に勢いづいたように、さらに兄に質問を投げかける。

「ねえ、お兄様。私ずっと不審に思っていることがあるの。千冬さんは本当に、玲人様に相応しいお家のご出身でいらっしゃるの？」

好奇心いっぱいに尋ねる。だが、叶世はきっぱりと妹の質問を退けた。

「よせ華子。今話すようなことじゃない。どうしてもう少し思いやりが持てない？　千冬ちゃんの状態を見て、お前は何も感じないのか？　それに俺は千冬ちゃんの出自について、玲人の許可なくあれこれお前に教えるつもりはない」

「あらそう。構わないわ、どうせお兄様が私に本当のことを教えてくださるとは思っていないわよ。だけど覚えていらして。私、こんな幼くて粗陋《そろう》な方が玲人様のご婚約者だなんて信じないわよ」

「玲が誰と結婚するか、それはお前如《ごと》きが口に出来ることじゃない。玲は子供の頃から知っているという理由だけで、お前に優しくしているが、お前が望む感情を抱《いだ》いてるわけじゃない。天城家の兄貴たちや俺への我儘《わがまま》が玲に対しても通用するとは思うなよ」

「何とでもおっしゃって。私は私の思う通りにするわ」

華子は昂然《こうぜん》とした様子でドレスの裾をひらめかせ、千冬の寝室から出ていく。千冬は不安な気持ちで、ぼんやりと目を開いた。諍《いさか》いというのは、聞いているだけで悲しくなるものだ。

叶世がそれに気付いて、こちらに近付いてくる。

「起きてたのか？　ごめんな、千冬ちゃん。千冬ちゃんが素直で優しい上に、今、口が利けないのをいいことに、あいつが色々やらかしたんだろう」

そんなことはない、大丈夫だ、と千冬はかぶりを振る。

（でも、俺のお守り……どうなっちゃったんだろう。海のずっと向こうに流されちゃったのかな……）

今、夢であの子に会えたばかりなのに。あの笑顔を久しぶりに見れたのに。

（せっかく大切なものをくれたのに。失くしてしまって、ごめん。ごめんね……）

その時、部屋の扉がたいそうな勢いで押し開かれた。華子が戻ってきたのかと思ったら、そうではなかった。

「千冬」

入ってきたのは玲人だ。

その後ろから、ヒューベリオンと、大慌ての田村、さらにメイドがついて来る。何故か、玲人はびしょ濡れでいるのだ。玲人の着ているシャツやボトムはもちろん、薄茶色の髪からも水滴が滴っている。

そんな自分の姿を一切気に留める様子もなく、玲人は真っ直ぐにベッドに近付いてきた。

「千冬は？　目を覚ましているのか？」

「待て待て、何て格好をしてるんだ玲。伯爵様が冬の海で水遊びか？　とにかく着替えろよ、今度はお前が熱を出すぞ」

田村やメイドが駆け寄って、ふかふかとしたタオルを玲人の肩にかける。着替えのシャツを差し出そうとするメイドを手で制して、玲人は千冬に話しかけた。

「千冬、お前、これを探してたんだろう？」

まだぼうっと焦点の合わない視線のまま、千冬はゆっくりと差し出された玲人の手の平を見た。

そうして目を見開く。

玲人の手の平には、千冬のお守りが載せられている。布地は水を吸っているが、固く締めた紐《ひも》は緩んでいない。中に入れた真珠もきっと無事だろう。

(俺の、お守り……)

千冬は信じられない気持ちでお守りを見詰めている。

だって、あんなに海の中で探したのに。どうしても見つからなかったのに。

「よかった。もしかしたら、いったんはかなり沖合に流されたのかもしれない。だがついさっきから浜辺に向かって風が吹き始めた。波がこちらに寄せて、海草や流木なんかと一緒に波打ち際に浮かんでいたんだ」

それを、ヒューベリオンを連れた玲人がすくい上げてくれたのだ。しかし折からの強風で波が高く、頭から海水を被《かぶ》ってしまったのだろう。

一番初めに玲人に助けられた時も、千冬は目を覚ますなり、お守りのことを心配した。玲人はそれを覚えていてくれたのだ。

「ずいぶん水を吸っているから、こうしておこう」

自分の肩に掛けられていたタオルを手に取り、お守りを包む。自分のことより、千冬のお守りのことを大切にしてくれる。

そして千冬は息を呑《の》む。今、お守りを差し出してくれた玲人の姿。さっき見たばかりの夢を思い出す。どうして今まで気付かなかったんだろう?

小さなものを手の平に載せてこちらに差し出してくれたその姿は。千冬の顔を覗き込んだ、薄淡い、硝子のような瞳と、同じ色の髪は。

千冬が十年前、五歳の時に出会ったあの少年のものと同じではないのか。

――そこで何が起きるのか分からないから――

そう言って、大切なものだけれどと言って、千冬に真珠を手渡してくれた。

玲人は、例のあの白亜の小館で、住んでいた北の国の街から東京へ連れていかれたと話してくれた。もしかしたらその際に、三直村を馬車で通ったかもしれない。その時に、玲人と千冬は出会っていたのかもしれない。そして玲人は実際に、連れていかれた東京で惨い目に遭ったようだ。

そして、千冬が小館から持ち出した緑色の風鈴。音を鳴らさないあの風鈴の打ち玉が、あの真珠なのだとしたら。あの少年は、真珠は何かに取り付けるものだと確かに言ったのだ。

薄い薄い緑の硝子の風鈴に、あの真珠はとても似合いだ。

何もかも、辻褄《つじつま》が合う。

玲人が千冬のことなどをどうして「大事な人」と言ってくれたのか、よく分からないけれど、雪に似ているからと大切な真珠をくれたのは、玲人に違いない。

千冬がいつものベルを視線で探すと、ベッドサイドに置かれていたハンドベルを玲人が手渡してくれる。千冬はそれを一度、ちりん、と振った。

「嬉しい、と言ってくれてるのか？」

千冬は頷く。にこっと笑顔を見せると、玲人と叶世は目を細め、すっかり元気になったな、と喜んでくれた。

するとと腹がくう、と音を立てた。熱が下がったと思ったら、体は早速、もっと元気になるための栄養分を要求している。千冬は頬を赤くして、またベルをりん、りん、と鳴らす。

「恥ずかしい、と言ってるんだろう。ベルの振り方で何となく分かる」

「何だ、せっかく『いろは表』で勉強してたのに。玲と千冬ちゃんはすっかり以心伝心なんだな」

メイドが千冬のために粥《かゆ》を運んできてくれる。千冬は寝台の上で体を起こし、背中に暖かいカーディガンをかけてもらう。玲人は着替えを済ませると寝台の傍の椅子に座り、粥が入った土鍋に添えられた匙《さじ》を持った。

玲人の傍に座るヒューベリオンは、粥の匂いに鼻をひくひくさせている。

「海で拾ってきた時に逆戻りだな。あの時は叶世が粥を食べさせたが、今回は俺が食べさせてやりたい。構わないか？」

千冬はもちろん一度、ベルを振った。

口を開けると、玲人が息を吹きかけて冷ました粥を食べさせてくれる。千冬は腹を空かせて親鳥を待っていた雛《ひな》そのものに、一生懸命に玲人が与えてくれる粥を嚥下《えんか》する。早く、早く、玲人を待たせてはいけない。千冬の様子に、玲人は苦笑している。

「ゆっくりで構わないよ。親鳥になったみたいでなかなか面白い」

そうして飯粒が付いた千冬の口元を親指の腹で拭ってくれる。

優しい玲人。

どうして千冬はこの人を一時でも嫌ったりしたのだろう。

千冬はお守りから真珠を取り出し、それを玲人に見せようかと考える。昔、自分たちは会ったことがあるのだと、千冬のことを思い出してほしい。タオルに包まれ、枕の横に置かれたままのお守りに目をやって、千冬はけれど伸ばしかけた手を止める。

——でも、もしも千冬の思い違いだったら？

真珠をくれたあの少年が玲人ではなかったら？

だって、やっぱりおかしい。玲人は真珠の打ち玉を大事な子にあげた、と言ったのだ。千冬が玲人の大事な人、なんてやっぱりおかしい。

粥を食べさせてくれる玲人を上目遣いに見詰めながら、千冬は動転してしまっていた。

「さあ、これが最後の一口だ。病み上がりなのによく食べたな。千冬はお利口だ」

お利口、と褒められて、千冬はすっかり嬉しくなった。

その時、窓の向こうから微《かす》かに、柔らかく円《まろ》やかな音色が聞こえてくる。風鈴とはまた違う、優しい音色。

「ああ……、今日は風が強いから、庭師が風奏琴の螺子を開けておいてくれたらしいな」

粥を食べ終わると、今度は薬を飲まされる。しばらくして、千冬はうとうとと眠たくなった。椅子に腰掛けている玲人は長い脚を組み、ヒューベリオンの首を抱いて喉《のど》を掻いてやっている。

風奏琴の音色に合わせて、その玲瓏《れいろう》とした声音で、低く歌を口ずさむ。

唄を忘れた金糸雀《カナリヤ》は
柳の鞭《むち》でぶちましょか。
いえ、いえ、それはかはいさう。
唄を忘れた金糸雀は
象牙《ぞうげ》の船に、銀の櫂《かい》、
月夜の海に浮かべれば
忘れた唄をおもひだす。

千冬は玲人の歌声を子守唄に、ぐっすり寝入ってしまっていた。

「おやおや。これはまた何とも心和む情景じゃないか……」

部屋を退出していた叶世が戻ってきて、ベッドの上の光景を見るなり微笑《ほほえ》ましげに呟《つぶや》く。

美貌の若き伯爵は、千冬の寝顔を見ているうちに自分もだんだん眠気を催してきたらしい。

寝台にもぐり込み、千冬の華奢《きゃしゃ》な体を抱き締めるようにして眠っている。

当然その姿は叶世のスケッチブックに収められたのだが、二人は知らない。

それから二日経《た》って、千冬はすっかり元気になった。もう玲人と一緒にヒューベリオンの散歩にだって行ける。小館の風鈴をつついて遊ぶことも出来る。

その日の晩餐の時間が近付くと、千冬は衣装室に呼ばれ、叶世に大振袖に着替えさせられた。

黒を基調とし、縦に金糸の刺繍《ししゅう》が施され、黄菊や椿《つばき》が描かれたたいそう豪華なものだ。玲人の祖母が皇族方も出席される大夜会に好んで着ていたものだという。帯は叶世がお気に入りの文庫結びで、髪にはいつも通り、花が飾られた。

こんな夕暮れからこんなに豪奢な衣装を着せられ、何事かと思ったら、何と玲人と叶世もテイルコートで正装している。驚いている間に食堂に連れられ、千冬はさらに目を見開く。

長テーブルには銀の燭台《しょくだい》が立てられ、三人分のフルコースが出せるようカトラリや皿が用意されている。

今日の夕食は三人での晩餐会。千冬が無事に回復した祝いだ。

華子は、残念だけれど、友人の家に遊びに行くからと出ていってしまったらしい。

千冬は厨房《ちゅうぼう》の職人が腕を揮《ふる》った西洋——フランス風のフルコース料理を堪能《たんのう》した。チーズと潰《つぶ》した桜桃《さくらんぼ》を交互に重ね、薄荷の葉を飾った前菜から始まって、ミルクの匂いが優しいほうれん草のスウプや、鯛の香草焼きを食べる。

どれも手が込んでいて本当に美味《おい》しい。

仔牛《こうし》の赤ワイン煮込みを玲人に手伝ってもらいながらナイフを入れ、その柔らかさと美味にうっとりとする。ワインの味に酔って少しくらくらしたが、幸せな気持ちが増すばかりだ。

「後は、言葉が戻るのを待つばかりだな」

物慣れた仕草でワイングラスを傾けながら、叶世がそう話しかける。

千冬はそこで、ふ、と我に返った。

そうか、言葉が戻ったら。そして、華子がこの別荘から離れたら。

偽の婚約者役はもう必要なく、千冬は玲人の傍に、いられなくなるのだ。


千冬は、白亜の小館に行く、とメイドに伝えて、一人、玖珂家の別荘を出た。徒歩で、長い坂を下り街に向かう。玲人と叶世は肖像画の作成に入っていた。千冬が持っている風呂敷には、お守りの小袋と、緑硝子の風鈴を包んでいる。

こういった雑貨を修理する店があると、メイドに教えてもらったのだ。しかし、地理の分からぬ街でその日は目指す店に辿《たど》り着けなかった。

翌日も、もう一度同じ時間に同じ言い訳をして街に出た。

探していた店は、街の中心からずいぶん離れた場所にあった。木造の壁がすっかり煤《すす》けた古い店だ。格子戸を開くと狭い土間のすぐ一段上がった所が畳敷きの工房で、白髪の職人が胡坐《あぐら》をかいて作業台に向かっている。

複雑な道具を使い修繕しているのは懐中時計だ。職人は顔を上げないまま、しわがれた声で千冬に問うた。

「何だい、嬢ちゃん。ここは嬢ちゃんが来るような店じゃないよ」

何だか怖そうで、千冬はごくりと唾《つば》を飲み込んだ。それでも勇気を出して、上がり框《かまち》に座り、風呂敷の包みを解《ほど》いた。お守りの袋から、真珠も取り出す。

「何だいこりゃあ。俺に直せってのかい」

不機嫌そうな表情で、風鈴を取り上げる。打ち玉がないことに気付いて、真珠を指で摘《つ》まみ上げた。とても怖そうな人だと思ったが、風鈴と真珠を扱うその指はごく丁寧だ。繊細な細工物への慈しみと職人の技術が感じ取れる。

「これは異国の風鈴だな。うん、打ち玉はこの真珠で間違いねえ。あんた、この打ち玉を風鈴に取り付けてほしいってこったろ」

千冬はすっかり嬉しくなり、こくこくと頷いた。

やっぱり、間違いがなかった。

真珠をくれたあの少年は玲人なのだ。

職人は真珠を布で丁寧に拭《ふ》き、千冬によく見せる。真珠の中心から僅かに離れた上部を、針で突いたような、小さな小さな穴が貫通している。ここに極細の糸を通して、風鈴の中にぶら下げる仕組みなのだ。

しかし、風鈴から取り外されてずいぶん時間が経っているので、穴が細かなごみで詰まっている。細工師が持っている特殊な極細の錐《きり》で、慎重に丁寧に穴を広げていくしかない。焦って乱暴に扱えば、真珠にひびが入り割れてしまうだろうと言う。

真珠が壊れてしまう。そう聞いて、千冬は冷や汗が出そうだった。

「出来ないこっちゃないが、銭と時間がかかるよ。素人《しろうと》さんにはとても無理だからね」

(あ、俺……お金がないんだ)

今更、千冬はそのことに気付いた。

どうしよう。お金がないのなら、修理を頼むのは無理だ。それは仕方がないが、今、風鈴を見てもらったその手間に対して、支払うべきお金もないのだ。

玲人の別荘に戻り、誰かに事情を伝えて、お金を借りてくるしかない。急いで戻ってくるから、少し待ってほしい。身振り、手振りで千冬はそう伝えようとする。「いろは表」を持ってきたらよかったと、後悔した。

「おやおや……、あんた、口が利けないのかい」

職人は千冬を長々と見詰めた。皺《しわ》の寄った、厳しい目だ。しかしそれを、意外に穏やかな仕草で千冬から逸らした。

「他の客への手前があるからね。銭が貰《もら》えない以上、この風鈴を一番に直してやるわけにはいかん。だが全部の仕事が終わって手が空いた時にならら見てやろう。毎日夕暮れの時間に、この店に来るといい。夜っぴてかかる急ぎの仕事もあるで、毎日見てやれるとは限らんがね」

千冬は驚いてしまった。他の仕事の後回しで、手空きの時間があれば、直してくれるということらしい。

(でも、俺、お代を持ってないから)

やっぱり駄目だ、と断ろうとしたが、職人は背中を向け、構わねえよ、とぶっきらぼうに呟く。千冬は不思議だった。どうしてそんな親切をしてもらえるのだろう。

「俺は昔、京の都で仕事をしていてな。貧乏な工房を構えてよ、嫁と娘がいたんだ。だが、流行り病にかかって、医者に見せる暇も金もないまま、苦しいと一言も言えないきり、呆気《あっけ》なく死んじまった。二人共だ。あの土地に一人で住むのがつらくて、こっちに移ってきたんだ。ここで嬢ちゃんに親切にしたってあいつらが戻ってくるわけじゃねえが、嬢ちゃんを見ていると、娘を思い出すよ」

口が利けない千冬を見て、娘のことを思い出したのだそうだ。

言葉のない千冬に冷たい仕打ちは出来ない。千冬は職人のつらい過去を思い出させたことを申し訳なく思いながら、だが風鈴に打ち玉を付ける作業を引き受けてくれたことはとてもありがたく、とても嬉しかった。

今日は、夜通し時計の修理があるから風鈴の作業は出来ない。千冬は頷いて、風鈴と真珠を元通り風呂敷に包もうとした。

「待ちな、お嬢ちゃん。これはとんでもない値打ち物の風鈴だよ。薄いが硬い、たいそうな技術を使って膨らませた色硝子だ。乱暴に扱っちゃいけない。そんな風呂敷に包んでいい加減に持っちゃばちが当たる。先にこの布で包むといい」

職人が手渡してくれたのは、花柄の、とても柔らかい布だった。それにいったん風鈴と真珠を包み、さらに風呂敷で包む。千冬は明日も、この職人のもとへ来ることになった。

「千冬、どこに行ってたんだ？」

別荘に帰ると、すでに今日の肖像画の作業を終え、普段着に着替えた玲人に問われた。小館にいなかったことに気付かれただろうか。千冬は、少し遠回りして散歩をしていた、と身振りで言い訳する。

(風鈴のこと、玲人様にはまだ黙っていよう)

千冬はきゅ、と風呂敷を抱き締める。千冬は十年前に、玲人と出会ったことがある。

玲人はどんな反応を見せてくれるだろう。

（風鈴が本当に直ったら、全部を伝えよう）


日暮れ前に街に下りて工房を訪れるのが、ここ数日の千冬の日課になった。

職人は真珠の穴を通すだけでなく、風鈴を綺麗に磨いてくれもする。ますます美しくなっていく風鈴と真珠を、千冬はどきどきしながら見詰めている。これが一体になる瞬間が今から待ち遠しくてならない。

いつもの時間に職人の工房に行くと、修理の終わったランプを近くに住む客に届けるから少し待っているように言われた。

しばらくすると目の前の格子戸が開いた。職人が帰ってきたのかと思ったら、入ってきたのは若い男だ。千冬を見て、にやっと唇の端を上げる。何度かこの店で見かけたことがある客だ。

「なんだ、お嬢さん一人かい。ここの爺さんはお出かけかな」

男は千冬に近付くと、顔を寄せてじろじろと見ている。いつも一緒にいるのが鷹揚《おうよう》ながら礼儀正しい玲人や叶世たちなので、男がずいぶん不躾《ぶしつけ》だと分かった。それに、何だか男の視線に、ねっとりとした嫌な感じがするのだ。

「お嬢さん、最近よくここに出入りしているらしいね。いったい何の用事があるのかね」

「…………」

「ここはあの爺さん一人だろう。こんな夕暮れに、毎日爺さんと二人で何をしてるのかね」

千冬は言葉で説明出来ないので、風鈴を見せようかとも思った。この風鈴の修理をしてもらっていると分かってもらえたらいいのだ。

しかし、花街で複数の男に乱暴をされかけた経験のある千冬は、本能的に、この男と二人でいてはいけないと思った。大切な風鈴を見せたくもない。咄嗟《とっさ》に工房を出ようと立ち上がった途端に、着物の袖を乱暴に摑《つか》まれ、畳の上に押し倒される。

（嫌だ……！）

「待ちなよお嬢さん、俺はあんたを見かけた時から目を付けていたんだ。爺さんが戻るまで、ちょっと楽しもうや」

突き飛ばそうとするその手首を押さえ込まれ、合わせをぐいと開かれる。首筋に顔を埋《うず》められ、ぞうっと寒気がした。

（やめて、やめてください！　いやだ！）

しかし、千冬の着物はぎっちりと着付けられており、なかなか脱がせられはしない。苛立《いらだ》っている男の股間《こかん》を千冬は思いきり蹴り上げた。ぎゃあっと凄《すさ》まじい悲鳴が上がる。

千冬はその隙に風鈴の入った風呂敷を抱え、脱兎《だっと》の如く、工房から逃げた。

玲人はヒューベリオンを連れ、芝生《しばふ》の庭を歩いている。小館に向かっているのだ。折から、粉雪がさらさらと降り始めた。

千冬は、小館にいないかもしれない。おかしなことに、最近千冬はふいと玲人の傍から姿を消すことがある。陽が落ちてしばらくすると戻っては来るが、それまではどこを探しても見付からない。

いったいどこで何をしているのだろう？

あの子は、見た目とは裏腹にがむしゃらなところがある。また熱を出すような無茶をしていたら、叱ってやらなければいけない。

「ああ、嫌な雪ね。私、雪は大嫌いだわ」

気が付けば、いつの間にか華子が背後に立っていた。冬薔薇の花壇の傍で、ドレスの背中に手を回し、何かいつもよりずっと機嫌がよい様子だ。

「そろそろ東京に帰りましょうよ。玲人様ったら、もう一ヶ月もこちらにいらっしゃるのよ。肖像画はとにかくお兄様をせっつけばいいんでしょう？　あまり寒い地方に閉じ籠《こも》っていては、心にも体にも悪いそうよ」

「そうだな。華子ちゃんを病気にしてはまずいから、先に戻ってくれていいよ」

「私に一人で、このお屋敷を出ていけということ？」

華子は玲人の真正面まで回ってきたが、それほど気分を害した様子もない。

「千冬さんは花街の出身でいらっしゃるのね」

玲人は表情を変えなかった。

庭師が丹精を凝らしている冬薔薇に手を伸ばすと、一輪手折る。――あとで千冬の髪に飾ってやろう。

玲人は静かに華子を見やる。

「華子さんのようなご令嬢が、花街なんていう言葉はあまり口にされない方がいいな」

「誤魔化さないで。あの子がいたお見世《みせ》の名前も調べてあるのよ。おかしいと思ったわ、私、東京じゃあ名家ご出身のお友達がとても多いのよ。千冬さんの名前なんて、社交界で一度もお聞きしたことがなかったもの。実は、私の家の者をこちらに呼んで、北里《きたさと》千冬さんのことを調べさせたの」

「……なかなか、いい密偵を持っていらっしゃるようだ」

「種明かしをしましょうか？　使いの者にはこれを持たせたの」

華子が背中に隠していた手を前に出した。差し出したのは、叶世が描いた千冬のスケッチだ。

大振袖を着て、ぎこちなく微笑しながら、その手に大陸製のランタンを持っている。例の肖像画の下絵となったものだ。

「いつまで道楽をお続けになるのかと思っていましたけど、お兄様の腕もなかなかですのね。この一枚で名前からどこにいたのかまで分かるんですもの。まるで写真みたい」

くすっと笑って小首を傾げる。

玲人は黙って彼女の言い分を聞いていた。千冬の素性がばれたのなら、あとは、彼女の気が済むようするしかない。

「それに、最近メイドたちが妙な噂《うわさ》をしているのを聞いたの。千冬さんたら時々、一人でこっそり街に下りているらしいのよ。そして、一人住まいの職人のお家に出入りしているのですって」

華子が言いたいことが瞬時に分かった。良家の子女の発想としては、あまり品の良くないものだ。

だが、華子は未だに、千冬を少女と信じて疑っていないらしい。千冬がいた見世は男女の別なく子供を置く河岸《かし》見世だろうと叶世が言っていた。だが花街には圧倒的に女郎《じょろう》が多い。華子が使った密偵も、当然千冬を少女と思い込み、性別まで改めて調査はしなかったのだろう。

「千冬は、そういった性ではないよ」

「どうしてお分かりになるの？　だって、あの子は花街の出身なのよ。お金と引き換えに体を売るお仕事なんでしょう？　殿方のお心を揺さぶるのはお手のものよ。小鳥みたいにこのお屋敷に閉じ込められて、退屈していたのではないかしら？　一人暮らしの職人をからかって楽しんでいらっしゃるのかもしれなくてよ」

「……………」

「ねえ、玲人様。しばらくなら、私も千冬さんと仲良くして差し上げてもいいわ。社交界で、玖珂伯爵様のお屋敷にいるのは花街出身の方だなんて言いふらしたりしないわよ。その代わり、何がしかの見返りをいただいてもよろしいわよね？」

細い顎をつんと上げた。

「接吻《せっぷん》してくださいましな」

そんなことで、千冬の秘密が守れるなら安いものだ。

――唇で女の気持ちを買うのか。俺も女郎と変わらない。

玲人はふ、と微笑して、華子を抱き締める。優雅ながら、やや強引な所作に少女が微かに怯むと、唇を重ねる。

夕暮れの庭先で、男に乱された着物をすっかり着崩し工房から必死になって帰ってきた千冬が、呆然とその様子を見ていたことを、玲人は気が付かなかった。

千冬が部屋に閉じ籠ったまま、夕食の時間になっても出てこようとしない。

執事の田村が食事だと言っても、叶世がいったいどうしたのかと扉越しに声をかけても、ちらっと扉の隙間から顔を見せただけでまた、すぐに閉じ籠ってしまった。

「仕方がない。バルコニー伝いに隣の部屋から移るとするか」

物語の怪盗のような真似をしようとする叶世を玲人は押し留《とど》める。

「俺が行ってみる。何か嫌なことでもあったのかもしれない」

まさかと思うが、華子が約束を破って、千冬の身の上についてきつい言葉を投げつけたのではないか。年下の少女を疑うのは我ながら気分が良くなかったが、最近笑顔を見せるようになった千冬がそんなに頑《かたく》なになる理由を他に思いつかない。

「玲」

二階への階段に足をかけると、叶世に肩を引かれる。幼馴染みの黒い双眸《そうぼう》は注意深く周囲を確認し、玲人の耳元に唇を寄せる。

「どうも、千冬ちゃんはさっきまで街に下りていたらしい。それで帰ってきた時にはひどく着物が着崩れていたというんだ。メイドの一人が見たと言っていた」

「……着物が？」

着崩れていた？

街に下りて――？

ふと、華子がそんな話をしていたことを思い出す。一人住まいの職人の家に出入りをしていると。その目的が、男を弄《もてあそ》ぶことではないか、と。

だが、玲人はもちろん、そんな話を信じてはいなかった。あの子を見ていれば分かる。千冬には誰かを弄ぶなど、決してそんな真似は出来ない。寧《むし》ろ、性的なことには恐れを抱いていて当然の目に遭っているのだ。

「大方、ヒューベリオンと遊んでじゃれ合いでもしたんだろう。転がり回って帯が解けたんだ」

「俺の着付けが、そんなに簡単に崩れると思うか？」

「何が言いたい？」

玲人はだんだん不審な気持ちになる。

「さっき、ちらっと顔を見た時、千冬ちゃんの首筋に鬱血《うっけつ》があるのが見えた。打撲なんかの痕《あと》じゃない」

恋愛情事を繰り返してきた叶世が声を潜め、そう言う。男が、閨《ねや》で女の素肌に残す印だという意味だ。華子とは違い、叶世は容易な想像を口にしたりしない。余程の確信があって、た様子だったと」


玲人に報告しているのだ。

「馬鹿な……、どうしてあの子がそんな……」

「メイドたちは、こうも言っていた。千冬ちゃんはどうも、ここのところ毎日、一人暮らしの職人の家に嬉々《きき》として通っているらしい。まるで恋人に会いに行くみたいに、うきうきした様子だったと」

その様子を思い浮かべ、かっと体の血が一瞬で沸騰するのが分かった。

玲人は咄嗟に、叶世の胸倉を摑んでいた。その長身を、力任せに壁際に押し付ける。

「……たとえお前でも、千冬を侮辱するのは許さないぞ」

叶世は壁で派手に頭をぶつけたらしく、手の平で後頭部を押さえている。

「痛――……、お前、千冬ちゃんに対する態度とあんまり違いすぎないか」

「当たり前だ。でかい図体をして俺が手加減をするなんて思うなよ」

「品行方正な伯爵様が、大した暴言だな」

「お前が馬鹿なことを言うからだ！」

玲人の怒鳴り声に、落ち着けというように叶世は手を開いてみせる。

「俺だって、千冬ちゃんが好き好んで男とどうこうしているなんて思っちゃないさ。だが、何かがあったことは確かだ。確かめろよ、伯爵様。あくまで冷静に、な」

「どうなさったの、お兄様たち」

華子が二階から階段を下りてくる。玲人と叶世は、どちらからともなくさりげなく体を離した。だが華子は事の次第を了解しているようだ。

「だから言ったでしょう、私が」

すれ違い様、華子が前を見たまま微笑する。

「千冬さんは、そういう方なのよ」


夜、屋敷の者たちが寝静まってから、玲人は千冬の部屋を訪れた。扉をノックしたが、案の定、千冬は顔を出そうともしない。

玲人は隣の部屋に回り、窓からバルコニーに出る。千冬の部屋のバルコニーへは、やや距離があるが、玲人は身軽に手摺りに上がりその空隙《くうげき》を乗り越えた。破天荒は、何も幼馴染みの専売特許ではない。これくらいの冒険は、玲人にも当然思いつき、難なくこなすことが出来る。

バルコニーから千冬の寝室の窓を押し開け、中に入る。

「千冬」

部屋には明かりが点《つ》いていない。真っ暗な室内には、満月に近い月の明かりが差し込むばかりだった。暗闇《くらやみ》に目が慣れてくると千冬は寝台の羽根布団の上で、枕に顔を押し付けて伏せっているのが見えた。

「千冬?」

寝台の上で、千冬が身動ぎをしたようだ。玲人はその様子を見て、思わず息を呑んだ。千冬は着物の崩れをどうにか自分で直そうと躍起になったらしい。着付けの方法が分からない者が着物を弄《いじ》ると却《かえ》って帯が緩み、いっそう着崩してしまうものだ。合わせが開き、伊達襟《だてえり》が取れ、千冬の鎖骨はすっかり剝《む》き出しになっている。叶世が言っていた、例の鬱血が見えた。割れた裾《すそ》からは真っ白い脚が覗いている。熱を出した時に、汗を拭いてやり、着替えをさせるために、素肌なら何度も見たはずなのに。

乱れた着物を身に着けたその姿は、却って恐ろしく淫《みだ》らだった。そして千冬の瞳は、冴え冴えとした月光を受け、欲情して泣いているかのように濡れ濡れと猥《みだ》りがわしく見える。

立ち尽くす玲人は、窓際に置かれたテーブルの上に見慣れないものを見付けた。

「これは、何だ?」

趣のある花と蝶《ちょう》が染められた、綺麗な布だ。

それを手に取り、玲人は不審な気持ちになる。これは、細工物を作る職人が多くいる西方でしか手に入らない、珍しく、非常に高価な絹織物だと分かった。絵を描く叶世は仕掛けや細工も好きで、こういった細かい小道具にも詳しく、何かの折に教えてくれたのだ。

「どうしてお前がこんなものを持ってる？　これは誰に貰ったんだ」

叶世と同じく、千冬もこういった小物が好きだ。

小館の風鈴もとても気に入っていて、毎日毎日、あの館で風鈴をつつき、遊んでいた。つらい境遇で育った千冬は綺麗なものに、切ないほどの憧《あこが》れを抱いているのだ。

それは分かる。それは分かっている、だが、この布を、千冬はどうやって手に入れた？　必要なものなら玲人が何でも買い与えるつもりでいたから、千冬には一切金銭は与えていないのだ。それなら、いったい何を対価に、千冬はこの布を手に入れたのだろう。

毎日嬉々として通い、会っているという職人に何の用事があったのだろう。

街へ下りる際、千冬は恋人との逢瀬を重ねるように、浮き足立った様子だったという。千冬は、玲人にはどこへ行くとも言わなかった。玲人が千冬を探して屋敷中を歩き回っていた間、この子はどこで、誰と、何をしていたのだろう。何故、今、そんなに猥りがわしい姿でいるのだ。

もといた花街で、すでに水揚げを受けた後だったのか？　男のあしらいを、僅かにでも身に付けていたのか？

――だから言ったでしょう。

華子の言葉が、脳裏に蘇《よみがえ》る。

――千冬さんはそういう方なのよ。

違う。そんなはずはない。千冬の純情を、玲人は信じている。千冬の普段の所作は、色事など何も知らない無垢《むく》なものだ。そして、もしも千冬がすでに純潔でないとしても、この子へのこの愛しさは――決して変わらない。

だが、玲人は一人の男として、静かに暴走を始めていた。

「お前に一つだけ、聞きたいことがある」

「………」

玲人は、表情を強張らせて、寝台の上にいる千冬に近付く。千冬は月明かりを映し、煌《きら》めいた瞳で不思議そうに玲人を見上げている。

「お前は男を知っているのか？　もう誰かに、この体を許した後なのか？」

千冬はぼんやりと、玲人の顔を見上げていた。何を質《ただ》されたのか、少しも分かっていない。だがその稚《いとけな》い表情が、一瞬、ほんの一瞬だけ、隠していた罪を突然暴かれて、呆然としているように見えた。それが玲人の判断を狂わせた。

獣の欲望が、一刹那《いっせつな》にして玲人の理性を支配した。それは独占欲――千冬に触れた、他の男への嫉妬《しっと》に他ならない。千冬の体に残る、他の男たちの痕跡《こんせき》をすべて消し去らねば、正気でいられない。

着物を着崩して体を縮こめていた千冬を、シーツの上に押し倒す。

身の上に圧《の》し掛かる男の気配がいかに凶悪なものか、千冬はまだ、気付いていない。その大きな目をきょとんとさせて、玲人を見上げている。

玲人のことを信じているから。玲人と叶世とヒューベリオン。一緒にいると楽しかったから。

その信頼を、玲人は裏切った。

「――――」

薄闇の中でさえ仄《ほの》かに白さが分かるその頬に、両手の平を添える。半開きの、小さな唇。

玲人はその唇を奪った。最初は軽く、触れるだけの口付けだ。

「千冬」

囁《ささや》きかけ、そうして狂おしく唇を重ねた。千冬の唇は、綻《ほころ》び始めた花のように柔らかい。

そして熱を孕《はら》んだように熱い。内側の粘膜は重ね合わせているとお互いが蕩《とろ》けそうで、玲人は口腔へ、強引に舌を忍ばせた。

「――……っ⁉」

千冬が我に返ったように、全身を戦《おのの》かせた。

訳が分からない、という表情で手足をばたつかせ、玲人を思いきり突き飛ばす。天蓋《てんがい》を支える支柱に取り縋《すが》るように伸ばしたその手を掴んで、玲人は千冬を荒々しく寝台の中央へと引き摺り戻した。再び華奢な体を組み敷く。

声にならない驚愕《きょうがく》の悲鳴を、玲人は聞いたように思う。

信じていた人に暴行を受けようというこの現実を受け入れかねて、千冬は揺れる瞳で玲人を見上げている。

「乱暴をするつもりはない。ただお前が欲しいだけだ」

一度奪った唇を再び重ね、息継ぎをする合間さえ与えずに、口腔を犯す。

一方で、千冬の衣装をまさぐり、シュッと鋭い衣擦《きぬず》れの音が起こる勢いで、帯締めを解く。緩みきっていた帯を力任せに真下へと引き落とすと、もともと着崩れをしていた着物の合わせがはらりと左右に開いた。襦袢もすっかり乱れ、白い素肌が、生々しくも露《あら》わになる。ばたつく真白い、華奢な手足が玲人の若い男としての本能を刺激する。解いた帯諦めで華奢な手首を一纏めに縛り上げる。何重にも重ねられた衣服を纏わりつかせながらも、もうこの体は玲人の思うままだ。

接吻を、徐々に深くする。かじかんだ舌をこちらの口腔に導き、柔らかく唾液《だえき》を絡ませる。窄《すぼ》めた唇で、舌を何度か扱《しご》いてやり、柔らかい感触に懐柔されるように千冬が脱力すると、いきなり歯を立てて甘噛《あまが》みする。濃厚な口付けに翻弄《ほんろう》されて、千冬の吐息はすっかり乱れている。

とろりと濡れたその唇を舐《な》めた。

「接吻が良かったか？　唇で感じるのは、別の部位も淫奔《いんぽん》な証《あかし》だと聞いたことがあるな」

はあ、はあ、と荒い呼吸を聞きながら唇を離すと、唾液が銀色の糸を引いた。千冬の素肌に落ちるその滴りを追うように、鎖骨に、そして襦袢の影から覗いている右の乳首にも唇で触れる。

「…………っ、…………！　………………！」

びくびく、と拘束された千冬の体が震えた。

舌先で転がし、押し潰すようにしながら、左の乳首は唾液を塗した指の腹で擦《こす》る。淡い色の乳輪を指先でじっくりと辿って、軽く引っ掻く。体が小さい分、皮膚も当然薄いはずだ。突起にはすぐに血が集い、まるで果物の種のようにぷつんと尖《とが》る。

そんな過敏な反応を、玲人は意地悪くからかった。

「少し口を付けただけで、もうこんなか。感じやすいな……、ここがいいと、誰に仕込まれた？　花街で教わったのか？　俺の知らない男に」

「……ッ！」

「お前がどんなふしだらな声で鳴くのか、聞けないのが残念だ」

千冬が体の下から玲人を睨んでいる。酷い言葉を浴びせかけられ、目にはいっぱいに涙が浮かんでいた。

どうしてこんなに、意地の悪い言葉を口にしてしまうのだろう。しかし、抵抗されればばされるほど、拒絶されればされるほど、玲人は千冬を奪わずにはいられなかった。この体に、もっと触れたい。この子が何か秘密を隠しているならば、尚更暴かねば気が済まない。

玲人は千冬の体を開きにかかった。小さな千冬の顎を摑み、唇に指を二本押し入れる。乱暴な所作に、千冬が掠れた吐息を漏らす。

拘束されている千冬がかぶりを振っても許さず、指を何度も出し入れして、唾液をたっぷりと絡める。粘膜の熱く潤った感触は、性交そのものを想起させた。指を引き抜くと、千冬は噎《む》せ返りながら涙を零していた。

「大丈夫だ、千冬。いい子だな」

耳元で甘く囁きかけながら、着物の裾を開く。千冬が髪を振り立て、何とか下半身を捩ろうと躍起になるのに苦笑しながら、千冬の蕾《つぼみ》に触れた。

千冬はいっそう体を強張らせる。

指に触れる窄まりは、まだ硬い。きゅっと引き締まり、何も知らぬげな様子だ。だが、指に絡ませた唾液をたっぷりと塗してやると、蕩けるように柔らかくなるのが分かる。

「………！　………！」

千冬が身を起こし、玲人の手首に嚙み付いてきた。だが本気で歯を立てることはしない。心の優しいこの子に他人を傷つけるような真似が出来るわけがない。しばらくすると唇を離し、ひっく、ひっく、と幼い嗚咽を上げるばかりだ。

その優しさに玲人は乗じる。声が聞こえないのをいいことに、この子の拒否も黙殺している。

最低の悪党だと、自嘲が胸を過《よ》ぎった。

「…………っ！　…………――」

千冬が目を見開き、声にならない悲鳴を上げる。玲人の指が、唾液の滑りを借りて千冬の体に侵入したからだ。

まるで合意の上の行為であるかのように、玲人は千冬に口付けながら、強引に蕾を解き始めた。

濡れた指を慎重に潜り込ませ、隘路《あいろ》を押し広げる。千冬の中は熱く、柔らかかった。もっともっと奥に触れたいという誘惑に、玲人を駆り立てる。

ちゅ、ちゅ、と水音を立てながら、千冬の蕾は玲人の指を一本、どうにか根元まで受け入れた。本来有り得ない場所に指を押し入れられ、暴かれる苦しさに、千冬は体中を汗でびっしょりと濡らし、呼吸をひどく喘《あえ》がせている。

苦痛と、玲人に裏切られた悲しみに、頬は涙でびっしょりと濡れていた。

見下ろせば、力なく項垂れている性器は薄桃色で、まだ未熟な形をしていた。恐らく自慰もろくに知るまい。その分、未知の感覚には弱いのだろう。やんわりと手の平で触れてやると、千冬は目を見開いた。

「…………、…………」

そこには触れないで、いや、いや、というように、首を振って訴えている。

この子が声を失ったのは、おそらくこの種の暴力が理由だというのに、玲人は自分を押し留めることが出来ない。

せめて千冬を感じさせるために、ゆっくりと性器を押し包む手を上下に動かす。快楽の火種をさらに促すように、耳朶《じだ》や乳首には甘い口付けを落とした。

さっき感じさせられた乳首にまた愛撫《あいぶ》を施され、千冬の素肌がさっと紅潮した。

「そう、いい子だ……感じてるんだな」

愛撫を施してほどなく、千冬の性器は嬉しげに頭を擡《もた》げる。淡い血の色をした先端の切れ込みが、先走りをとろとろと溢れさせている。

素振りではこんなにも拒絶をしているのに、体は玲人が与える快感を、受け入れ始めているのだ。

玲人は千冬の舌を吸ってやりながら、性器に濃厚な愛撫を与える。緩急を付けて扱き上げ、焦《じ》らすように幼い輪郭を辿る。千冬は啜り泣きながらも、玲人の手の動きに合わせて、拙《つたな》く腰を揺らめかせている。

未成熟な性器が、自らの漏らす体液に塗《まみ》れ、潤っている。その様は恐ろしく扇情《せんじょう》的で、玲人は飢え渇いた人が熟れた果実を目の前にしたように、欲望を堪えきれない。身を屈め、千冬の敏感な性器を口腔に含む。

「っ！――……」

千冬が汗を飛び散らせ、全身を戦かせた。玲人の頭を振り払おうと腰を振る様子が何とも言えずいたいけで、玲人の性技をいっそう淫らに、濃厚にする。

唇に収まりのいい果実を、しばし舌先で弄ぶ。とろりとしゃぶっては、千冬の反応を窺うため唇を離し、また舐める。幼いなりに性器が充分な充溢《じゅういつ》をしたのを認めると、なおも先端に唾液を絡ませ、薄皮を丁寧に引き下ろした。

あまりに過敏な赤い粘膜は、外部の空気に触れただけでいっそう血の色を募らせたようだ。その敏感な粘膜を、舌のざらつきで下から上へとやや乱暴に舐め上げてやると、千冬は悩ましく足の指を反り返らせる。

言葉はなくとも、快楽に溺れているのは充分に分かった。

玲人は口淫をいっそうふしだらなものにする。根元までたっぷりと口腔に含んでやり、粘膜での快楽を教え込む。口の中で千冬の先端を舐め回すと、ぐちぐち、と品のない水音が漏れる。千冬は自分が粗相をしたと思ったらしく、内股をぎゅっと窄めている。

玲人はどんどん千冬を追い詰めた。

先走りを溢れさせる先端の切れ込みを指で寛《くつろ》げ、無理やりに舌先を押し入れる。

「――――」

絶頂が近いのか、か細い手足が呼吸の度に、ひくん、ひくん、と痙攣《けいれん》している。強い快感は、時には苦痛になるのだろうか。千冬は声のないまま、涙を流し続けていた。

その涙すら、玲人は愛しくてならなかった。

いつの間にか玲人に笑顔を見せるようになった千冬が、綺麗で可愛いものが大好きな千冬が、玲人には愛しくそして同時に憎くて堪らなかった。

他の男になど決して渡さない。

唇で強く扱き上げ、強引に絶頂へ導くと、千冬は体をきつく硬直させ、それからがくりと脱力した。

「…………」

荒く息をついている千冬に休ませる暇も与えない。今、千冬が吐いた精で、蕾をさらに潤わせる。指を引き抜く瞬間、蕾が桃色の襞《ひだ》を捲り上げ、蕾からは白い蜜がとろりと零れ出した。

玲人は力ない脚を肩に抱え上げる。幼さの残る肉体がまだ軟らかいのをいいことに、膝が胸に付くほど体を折らせ、小さな尻を上向かせる。

あられもなく露わになった蕾は、何をされるのか怯えたようにひくついている。

千冬の目に恐怖が浮かんでいるのを玲人は一切黙殺した。寛げたボトムから、千冬への独占欲に猛《たけ》る己を取り出す。

やめて、やめて。千冬は涙と唾液で濡れた唇を開閉させ、玲人に訴えている。

しかし玲人は、その凶器で、華奢な体を穿《うが》った。

「―――――っ!!」

玲人を受け入れ、衝撃に千冬が大きく体を仰《の》け反らせた。真っ白い体が苦痛のあまりに、乱れた着物の上で一気に汗ばむのが分かる。

「……千冬」

玲人は強引に、千冬の蕾を押し開いていく。

潤滑剤の代わりに使った体液だけでは、とても潤いが足りない。ずり上がっていく千冬の腰を抱き締め、浅い場所を何度か行き来させる。

いったん退いてはいっそう深みを探り、また退いてより奥を暴く。そうやって、とうとう最奥に達した。

「……お前の一番奥だ。呼吸の度に、お前が俺を締め付けてくるのが分かる」

「…………」

千冬の泣き濡れた瞳が玲人を見上げていた。真っ赤になって、唇を噛み締めている。

そんな恥ずかしいことは言わないで。だって、こんなに酷いことをしたのだから。

千冬は手首を縛り上げられ、脚を大きく開き、体の中心部に雄を埋め込まれている。玲人はこんなに、酷いことをしたのだから。

これで終わりでしょう？　これで終わりにしてくれるでしょう？

そう問うように、千冬は涙がいっぱいに溜《た》まった目で懸命に玲人を見詰めていた。だが、玲人は諾とは言ってやれない。

「……駄目だ。お前の役割は、ここからだろう？」

千冬の肩の辺りに手をつき、体重をかけて小さな体をいっそう折り畳む。決して千冬を傷付けないよう、玲人は快楽の抽挿を始めた。ベッドのスプリングが、ぎしぎしと軋《きし》みを上げる。

千冬は哀訴《あいそ》が聞き届けられず、逃げ出そうと腰を捩っていたが、それも叶わないと悟ると啜り泣きを始めた。掲げられた脚が、千冬のしゃっくりの度に力なく揺れる。

――ずっと信じていたのに。

――酷い、ひどい。

けれど、玲人はふと千冬の下肢を見やって微笑した。

玲人が、具合よく千冬の内奥を抉《えぐ》っているのだろう。内側から刺激されて、さっき吐精したばかりの性器は、また赤く充血を始めている。

「…………っ、……っ！　………っ」

千冬が、うっすらと唇を開き、玲人の動きに合わせて濡れた吐息を零し始める。蕩けるような表情で、初めての官能に溺れているのだ。玲人は千冬の感度の高さを賞賛するように、その唇に接吻した。

忌々しいほど憎たらしい。この愛しい体。

玲人は、千冬の体温を全身に感じている。

朝、目覚めると、寝台に玲人の姿はなかった。千冬は朝食も食べずに、寝巻き姿のまま小館に向かった。背後で扉を閉めた途端、涙が溢れ出す。

「……っ、……っ」

体の方々に、違和感があった。昨晩、寝台の上で玲人に体中に触れられた。一番奥まで触れられた箇所は今も熱を持っていて、歩く度に疼《うず》き、千冬を泣きたい気持ちにさせる。

とても、とても酷いことをされた。酷いことを言われた。

もう男を知っているのか、とそんなことを尋ねられた。千冬の手元にはベルはなく、返事をすることが出来なかったのに、玲人はそれを分かっていたはずなのに。まるで罰でも与えるように、千冬の体の奥まで蹂躙《じゅうりん》した。

それなのに、行為が終わった後、玲人は一言も、謝ったりはしなかった。ただ汚れた千冬の体を湯で濡らしたタオルで丁寧に拭き、最後に手の甲に口付けをくれた。

(嫌い、大嫌い)

千冬は真っ白い大理石が敷かれた床にしゃがみ込み、膝を抱いて啜り泣く。

（……玲人様が、華族様だから？　やっぱり身勝手で、何でも思い通りになるって思ってる？）

違う、違う。玲人はそんな人じゃない。きっと千冬が玲人を怒らせるような真似をしてしまったのだ。

だけど、千冬の何がいけなくて、こんなことになったというのだろう？

千冬が黙って玲人の大切な風鈴を修理に出したから？

そのことに気付いて、玲人は腹を立てたのだろうか。

千冬が何も説明せずに、部屋に閉じ籠ってしまったことがいけなかったのだろうか。

だけど、千冬は悲しかったのだ。

工房で男に襲われかけたことは悔しくて腹立たしかった。着物の崩れをどうしたらいいか分からず、とても恥ずかしかった。だけどそんな時に、庭で玲人と華子が口付けをしているのを見てしまった。華子は玲人のことが好きなのだ。だが、玲人は幼い頃から知っている華子を一人の女性とは見られないからと、彼女の思いを退けたがっていた。そのために、千冬が偽りの婚約者を引き受けている。それなのに。

玲人は、華子のことが好きになったのだろうか。もう偽の婚約者なんていらないんだろうか。――千冬のことなんてもういらないんだろうか。

千冬は激しくかぶりを振る。

何て図々しいことを考えているんだろう。千冬なんていらなくて当然ではないか。突然別離を言い渡されても、そうして捨てられる前に体を弄ばれたのだとしても、千冬には怒る権利などない。

あの人は、紛う方なき、華族様なのだから。

千冬は大理石の床の上に、膝を抱いて座り込む。涙は止めようもなく、後から後から溢れた。

「明るいな。今日も月夜か」

深夜、サンルームの椅子に座り、ブランディを飲みながら満ちた月を眺めていると、叶世がやってきた。千冬は今夜も、部屋から出てこようとしない。

朝から夕方までは小館にいたようだが、夜にはまた自室に閉じ籠ってしまった。メイドに運ばせた食事にもほとんど手がつけられていなかった。玲人とは絶対に顔を合わせようとしない。

今晩は、その理由が玲人にも分かっている。昨晩の無体に、千冬は腹を立てているのだろう。

千冬の体はあくまで純潔だった。まだ、本当に何も知らなかったのだ。それなのに玲人は詮《せん》ない噂を聞いただけで淫らな疑念を抱いた挙句、その体を奪った。

叶世がテーブルから玲人の飲みかけのグラスを取る。飲みすぎだ、と言いたいのだろう。

「千冬ちゃんと喧嘩をしているみたいだな。いったい何をして怒らせたんだ」

「無理やり、抱いた」

「そうか」

大方予想していたのだろう。叶世は驚いた様子はなかった。

「他の男を知っているのかと疑惑を抱いて、どうしても自分を止められなかった。あの子をどうしても自分だけのものにしたかった。まだ声も出せないでいるあの子に……」

自分でも信じられない横暴を働いた。テーブルに肘《ひじ》をつき、両手で頭を抱える。

抗議の声も悲鳴も上げられない、ずっと年下で、非力な子供の純潔を奪ったのだから。

俺はあれほどに凶暴だったのか。祖父を強欲だと心の中でさげすんでいたが、玲人の方が遥かに欲深い。

「お前は望めば何でも手に入る立場だ。千冬ちゃんを強引に手に入れたからといって、誰に責められることはない。もちろん、千冬ちゃん自身にも、だ」

「それは、俺が華族だからか？　……そうやって手に入れたものに、どんな価値があるって言うんだ」

「傲慢《ごうまん》だな、玖珂伯爵。世の中には、欲しいモノが手に入らずに喘いでいる人間の方が遥かに多いものだぜ」

「千冬はモノじゃない。意のままにならなくて当然だ。俺はあの子が愛しくて、あの子の心が欲しくて、――――だが、それがどんなに苦しくても、耐えるのが恋じゃないのか……」

思い通りにならない、唯一のモノが他人の心ではないか。それなのに、玲人は力ずくで千冬の体だけを奪ってしまった。反対に、心は離れてしまったことだろう。

せっかく、あの子が笑顔を見せてくれるようになったのに。それが堪らなく嬉しかったのに。

玲人は苦しい心根を幼馴染みに明かす。

自分の心すら、上手く扱えない。もう自分一人の手には負えなかった。

「俺はおかしいんだ。祖父に言われた通り、俺は確かに異形の者だ。姿だけでなく、心の形も人と異なるのかもしれない。何でも思い通りになる、そんな立場を誰よりも憎んでいるつもりだったのに……あの子への気持ちを抑えられなかった。俺はおかしいんだ」

自分の血統を玲人は心から疎んじていた。

過去にはさげすまれた混血。母を愛しているが、純血でないことへの劣等感は拭い去れない。同時に強大な権力を持つ玖珂伯爵家の人間であるという事実。自分が不幸だとは思わない。だが、玲人は自分が何者なのか、常に測りかねていた。どの国にも属さず、誰とも血を分かたない。独りきりだという、途方もない孤独。それが玲人を苛《さいな》み、無気力へと駆り立てた。

自分の血をすべて抜き取って、美しい何かと入れ替えてしまいたい。子供の頃から何度そう思ったか知れない。

叶世は玲人の傍に立ち、しばらく沈黙していた。やがて、穏やかに玲人の肩を叩く。

「欧州にいる間、お前の母上の故郷を見てきた」

ブランディを呷《あお》り、そう言った。真っ直ぐに差し込む月明かりのような、静かな声音で。

玲人は驚きに目を上げ、幼馴染みの顔を見た。

叶世が欧州に遊学していたことはもちろん知っている。だが英国、母の母国に行ったという話は初耳だ。それも、母が生まれた湖水地方にわざわざ足を運んだのだという。

「スケッチも何十枚も描いた。うちの実家に行けば、色付けしてあるものが幾枚もある。俺が間借りしていた宿には妖精《ようせい》のように美しいお嬢さんがいて、俺が朝方に画材とスケッチブックを持って宿を出ようとすると、いつも昼食の弁当をバスケットに入れて持たせてくれる。霧が出ていて、それがやがて、朝陽に打ち負かされるように掻き消える。何の音もしない。人の気配もない。俺の目の前にはただ緑の地平が広がる。お前の瞳の色だった」

それは玲人が体の中で最も嫌い抜いている部分だ。

「……勝手な真似を……」

玲人は低く呟く。苦渋を噛み締めた。

「余計なことだ！　俺は、自分の血筋を顧みるつもりはない！」

「ああ、分かってる。お前はとことん自分の出自を嫌ってるからな。母上の故郷に行ったと話したらそうやって怒るのが落ちだとは思った。だが余計なこと、というのは何なんだ？お前は何故、母上の母国を、あの美しい国をそうやって貶《おとし》める？　そんな権利はお前にはない」

「……………」

「お前は自分の血統を恥じる必要はない。俺が見たあの国は、ただひたすら美しかった。伯爵家の血筋が何だって言うんだ。お前はもっと、自分を誇るべきだ」

「……だが、俺は異人の子だ。今はもてはやされていても、いつこの国で疎まれるか分かったものじゃない。俺に故郷はない。俺の魂はどこへも帰れない」

「玲」

ともすれば震えそうになる肩に、幼馴染み――唯一無二の親友が手の平で触れた。

「俺は怖い。恐ろしくてならない。俺には自分の正体すら分からない。人を愛する自信すらないのにいつか心から安寧を得られる居場所が出来るのか」

「ならば、自力で帰る場所を作れ。お前の居場所を――そしてあの子に、帰る場所を作ってやれ」

玲人は顔を上げる。

帰る場所がない。それは、玲人と千冬の唯一の共通点だった。

満月の光を玲人は仰ぐ。月は美しかった。

母の母国から眺めても、月は同じように美しいだろうか。

玲人は、いつかその光景を見に行こうと思えるだろうか。もしもその時が来るならば、願わくは、愛しい、あの子と共に。


翌朝、千冬は寝台を下りると、緑硝子の風鈴を手に、居間に向かった。職人が綺麗に穴を通してくれたお陰で、千冬も小館や部屋に閉じ籠っている間に、四苦八苦しながらも糸を通すことが出来た。風鈴は元の形に無事、戻った。

風鈴は、真珠の打ち玉が内部に当たる度に、りろん、と丸みを帯びた音を立てる。まだ執事の田村さえ寝室にいる時間だ。

屋敷の中は静まり返っている。

サンルームに風鈴を吊るすと、ヒューベリオンがやって来た。昨日、今日と自室に閉じ籠り、姿を見せないでいた千冬を心配してくれていたらしい。

（ありがとう、ヒューベリオン）

ヒューベリオンと一緒に、庭に出る。

（朝の散歩に行こうか？　今日は俺が、玲人様の代わり）

頭を撫でてやり、浜辺に出る。ヒューベリオンは嬉しげに波打ち際を歩いている。

ヒューベリオンを見ていると、同時に、その主のことを思い出す。もう二日以上、まともに玲人と話をしていない。何を話せばいいのか分からなかったからだ。

だから、音を取り戻した風鈴を前に、千冬は十年前の出来事を玲人に話してみようと思う。風鈴の音色を聞けば、玲人も千冬と出会った時のことを思い出してくれるかもしれない。

それで千冬の身分違いという立場がどうなるわけでもないけれど。

千冬はいずれ、あの美しい伯爵と離れなければならないのだけれど。

真珠を巡り、不思議な縁があったのだと、玲人にも思い出してもらいたかった。

千冬は、玲人が好きなのだ。あの悲しくて、孤独で美しい人が。とても、とても好きなのだ。

玲人に酷いことをされたけれど——それ以上に、千冬には玲人が恋しくて堪らない。

止め処《ど》なく寄せては返す波を眺めながら、千冬はすぐ頭上で、ががらという荒々しい音を聞いた。二頭の荒馬に引かせた屋根のない粗末な荷馬車が、街から続く坂道を上ってくる。

その馬車に乗っていた男の一人が千冬を見咎《みとが》め、同乗していた男に何か叫ぶ。

彼らは荒縄を手に、呆然と突っ立っている千冬に向かってやって来る。千冬を捕らえるためだ。ヒューベリオンが吠《ほ》え立てるその声を聞きながら、千冬は理解していた。

とうとうこの時が来てしまった。逃げてはいけない。玲人に迷惑がかかってしまう。千冬は目を閉じた。

あの男たちは、千冬が売られた店――花街の河岸見世に勤める男たちだった。

どうしてこの居場所が彼らに知られたのかは分からない。だが、死んだと思った色子が生きていると分かったら、連れ戻して働かせるのが彼らの役目だろう。

そしてあの場所に戻るのが、千冬の当然の運命なのだ。

「………ヒュー……べ」

さようならを言わなければいけないから。せめて、あの人に、もう二度と会えないあの人にこの気持ちを届けなければならないから。

強い願いが、千冬の胸を熱くする。その熱が、喉を駆け巡った。

「ヒューベリオン、おねがい……」

千冬は、失った声をとうとう取り戻した。砂浜に膝をつき、美しいロシアの猟犬の首を抱いて、間近でその瞳を見詰める。流れ落ちる涙を止めることは出来なかった。

あの人に伝えて。大好きだったと。

千冬は立ち上がり、自分を捕らえようとする男たちに、逃げないから、と伝えた。もう決して逃げないから。縄をかけるなら、素直に従うから。どうか最後に、物を書く道具を貸してほしいと懇願した。

サンルームで目覚めの珈琲《コーヒー》を飲んでいた玲人は、窓辺に母の風鈴が下がっているのに気付いた。千冬がかけたのだろうか。

田村に問うたが、知らないという返事だ。

「千冬様がお目覚めになっているのではございませんか？　お部屋を見て参りましょう」

「ああ……頼む」

寝室に閉じ籠っているとばかり思っていたのに、いつの間に出てきたのだろう。この風鈴を吊るして、また部屋に帰ってしまったのだろうか？　そういえばヒューベリオンの姿も見えない。ヒューベリオンを連れて散歩でもしているのだろうか。

そわそわとソファから立ち上がり、風鈴を眺める。

音がしないと分かっているのに、どうしてこんな気紛れを起こしたのだろう。

何げなく指でつつくと、りん、と音がする。玲人は驚いて、風鈴の中を覗いた。そこには、真珠が取り付けられている。何故？　千冬の仕業か？

玲人はその場に立ち尽くした。

この風鈴の打ち玉が、真珠だと教えた記憶はなかった。それに、この真珠の大きさ。色合い。これは間違いなく、十年前、あの寒村で初恋の少女にあげたはずの真珠だ。

——まさか。

色んな記憶の断片が、急速に繋がっていく。貧しそうな小屋の傍にしゃがんでいた、大きな目をした少女。千冬がいつも大切そうに持っていたお守りの小袋。その微かな丸み。どうして誰にも興味を持たない自分が、海で拾った千冬を傍に置き、反発をされても気にも留めず、見守り続けたのか。

「…………」

玲人は絶句したままその場に呆然と立ち尽くす。

その時、ヒューベリオンがこちらに向かって駆けてくるのが見えた。やはり、早くに起き出した千冬が外に連れ出していたらしい。フランス窓を開けてヒューベリオンを室内に入れた。

「どうしたんだ、ヒュー……、いつの間に外に出た？　千冬に散歩に連れていってもらったのか？」

玲人は、ヒューベリオンが折り畳まれた紙を咥えているのに気付いた。涎で濡れたその紙を開く。粗末な懐紙で、その上に木炭を擦り付けたような字が躍っていた。慌ただしげに、こう書き付けてあった。

『むかえ　かきたのて　はまなちにかへります　ちゆ』

迎えが来たので花街に帰ります　千冬

「――馬鹿な！」

この拙い手。千冬が書いたものだ。迎えが来た？花街の見世から、あの子を連れ戻す手合いが来たというのか。

何故、千冬がこの屋敷にいることが分かったのだ。起き出してきた叶世がその手紙を手にする。状況を理解した彼は、身支度を済ませて居間にやって来た華子をいきなり呼び付けた。

「華子」

「……なあにお兄様。怖い顔をなさって」

「千冬ちゃんを迎えに来るように、見世に報《しら》せを出したな？」

華子が千冬の素性を調べたことを、叶世も知っているのだ。華子は顔を蒼褪《あおざ》めさせた。叶世の指摘が、当たっているからに違いなかった。

「……してないわ。しないわよ、そんなこと」

指で、ドレスの裾をたくし上げ、逃げようと踵を返す妹の肩を叶世が摑んで引き止める。

叶世は怒りのために顔色を変えている。

「華子!!」

捕まり怒鳴られて、華子は目を伏せて体を捩った。

「お前、自分が何をしたのか分かってるのかッ！　なんて馬鹿な真似を……！」

「痛い、放してよ！　酷いわお兄様！」

「よせ、叶世」

玲人は叶世を制する。急がなければならない。一時でも早く、あの子を連れ戻さなければ。あの子が帰るべきなのは花街ではない。この腕の中に、この俺の元に、必ず連れ帰らなければならない。

「華子ちゃん」

華子は強張った顔を背けているばかりだ。

「頼む。どうしてもあの子を連れ戻さなきゃならないんだ。力を貸してくれ。すぐに見世の名前を教えてほしい」

頭を下げる玲人を見て、華子は信じられないような表情をする。

「やめて、玲人様。どうしてあの子のために頭を下げたりなさるの。どうしてあんな子に構うの。玲人様も、お兄様も、どうして千冬さんばかり、……千冬、千冬って」

華子が唇を戦慄《わなな》かせた。瞳が見る見るうちに潤み、子供のように頭を振る。

「ずるいわよ……、私だって、子供の頃からずっと玲人様のことが好きだったのよ。どうして突然現れた千冬さんを選ぶの。どうして私じゃ駄目なの」

その涙が頬を滑り落ちる瞬間、叶世が静かに妹の頭を抱き寄せる。

普段はどんなに口喧嘩をしていても、彼らはやはり兄妹であり、そして叶世は確かな紳士だった。華子の涙を、他の男——しかも今、恋に破れた男には決して見せない。妹の矜《きょう》持《じ》を守ってやっているのだ。

啜り泣く華子を抱いたまま、叶世は行け、と目で玲人を促す。

そう、前に進むしかない。

愛する、守るべき者が玲人にはいるのだから。


緋《あか》く塗られた格子の向こうに、男たちが群がっている。

花街の真ん中を貫くという大通りはたいそうな賑わいだった。通りの左右には、「見世」と呼ばれる遊郭がひしめき合い、それぞれの店先には楼名《ろうな》を書いた赤提灯《あかちょうちん》が吊るされている。三味線という楽器の音色に合わせて唄が響き、時折どこからか、女の嬌声《きょうせい》が上がる。毒々しいほどの狂乱に、迫る夜闇や夜寒も逃げ出してしまいそうだ。

格子のこちら側は、ランタンが照らす夕暮れ色のような光の中で満ちている。

千冬は檻《おり》に閉じ込められたかのように、緋毛氈《ひもうせん》が敷かれた床に座り込み、小さく小さく肩を縮めていた。今日この見世に入ったばかりの売り物である千冬への好奇の眼差しは、絶えることがない。

この見世は、大通りの終《しま》いに近い場所にある。この花街では大見世と言われる規模の立派な遊郭だ。初めに連れていかれた河岸見世とはずいぶんな違いだった。

こうして客の前に引き出され、値踏みをされることはあっても、同時に複数の客を取らされることはないという。

今朝、千冬は最初に身を売られた河岸見世に連れ戻されたが、その最中に偶然、この大見世の楼主と出会った。楼主は千冬を頭から爪先《つまさき》まで検分し、河岸見世にはもったいない上玉だと言い、自分の見世で使いたいと河岸見世から買い上げたのだ。

玲人のもとにいる間に、千冬は贅沢な食事を与えられ、毎日温かい湯やサボンで顔も体も洗わせてもらった。がりがりだった体は今やすっかり健やかになり、丸みを帯び、素肌もしっとりとしている。

千冬は湯を使わされた後、見世から貸し出された派手な内掛けを纏い、今日からすぐに客を取らされることになった。

河岸見世が千冬の値段をかなり吹っかけたらしく、この見世の主はすぐにもそれを回収したいのだ。千冬はまだ十五歳で、本当は花街では客を取れないのだが、誰かに年を問われたら十七だと誤魔化せばいい。

それに、これだけの容貌ならば、色子修業も必要はなかろう。寧ろ千冬の物慣れなさに、客たちはやに下がって歓ぶだろうと、楼主は勝手な目論見《もくろみ》を立てていた。

千冬の周囲にいる他の色子たちは、格子の向こうにいる客に声をかけ、笑顔を振りまいている。

先にいた河岸見世とは違い、ここには少年の色子しかいない。しかし誰もが少女の内掛けを着て装い、皆とても美しい。まるで花畑にいるかのようだ。早々に買い手がついた色子はそれぞれの持ち部屋へと入っていった。そこで、仕事をするのだ。もちろん、千冬にもその仕事が待っている。

格子の向こうが騒々しいのは、千冬の水揚げ客を決めるのに、たいそう揉めているからだそうだ。

どんな客が新入り色子を買い上げるのか、周囲は興味津々だが、千冬にはそれも最早、どうでもいいことだった。

千冬はすでに一度、性交をしてしまっている。その相手は千冬が大好きな人だった。そうして、その人にはもう二度と会えまい。千冬にとって、玲人に抱かれたあの一度だけが、生涯で最初で最後の愛する人との交わりだった。

だから、この体に誰が触れても、同じことなのだ。後は何も考えずに仕事をして、千冬が負っている借金を返しながら、ひっそりと生きていけばいい。

崖の上にある西洋風の大きなお屋敷。甘い香りが漂うお茶の時間。ロシアの猟犬、風が吹く度に鳴る風奏琴、風鈴。ハンドベルにいろは表。千冬に笑いかけてくれたあの人。もう何もかもが、遠い夢のようだった。

不意に格子の向こうがざわついた。

前結びの帯に手を隠して俯いていた千冬は、力なく顔を上げる。そして、千冬は格子のその向こうに有り得ない光景を見た。

通りの喧騒《けんそう》が耳の奥から遠ざかっていく。

「はきだめにつる」、という言葉は叶世から教えてもらった。いくらたくさんの提灯が点《とも》され、明るいといっても、時間は夜だ。それなのに、その人が立っている場所だけは、まるで月光が真っ直ぐ照らしているかのように明るい。薄茶色い髪に、今は緑がかった瞳がいっそう煌めいて見える。

通りを行く人々も、見世先に立つ若衆や客たちも、溜息をついてその美貌に見蕩れている。

ネクタイを締めた背広姿に、黒い外套《がいとう》を着た、美青年。

玖珂玲人伯爵。

その人が、格子の向こうから千冬を見詰めている。

「玲人様……」

千冬は思わず、小さく呟いた。

玲人は無表情だったが、微かにその目が見開かれた。千冬の声が戻ったことに、気付いたのだろう。

思わず格子に駆け寄りかけて、千冬は裸足《はだし》の足を止める。今、目の前にあるこの禍々《まがまが》しいまでに緋い格子が千冬の立場を物語っている。

千冬は最早、商品なのだ。裸になって体を売る、色子というモノになったのだ。買う者と買われるモノ。玲人との身分の違いを、まざまざと思い知らされる。こんな姿を玲人に見られたくなかった。

どうにか姿を隠そうと、おろおろと周囲を見回していると、格子の向こうで銅鑼《どら》がどうんと鳴らされる。

千冬の水揚げ客が決まった合図だった。まさかという思いに、千冬は格子の向こうに目を向ける。案内《あない》係の男が、媚《こ》びへつらった笑顔を浮かべ、玲人を見世の正面玄関へと誘導している。

何故、彼がここにいるのか分からないまま、若き伯爵が自分の水揚げ客となったことを、千冬は知った。

「帰ってください」

千冬の持ち部屋――小ぢんまりとした畳敷きのその部屋には、火鉢が置かれ、翠帳《すいちょう》の

陰に緋い布団が三枚重ねて敷かれている。そこが千冬が色子としての務めをする場所だった。

千冬は出入り口の襖《ふすま》の前に立ったまま、室内を正視することが出来ずにいる。

玲人に買われると分かった時点で、緋格子が張られたあの部屋から出ることを必死で拒んだが、入ったばかりの新入り色子の我儘など、見世側が許すはずがなかった。

千冬は追い詰められた小動物のように、顔を強張らせ、襖に背中を押し付けている。背中で帯が潰れることはない。女郎や色子は、帯を胸の前で結ぶからだ。その意味が、千冬にはまだよく分からない。

玲人は狭い座敷の窓辺に片膝を立てて座っている。

ネクタイはすっかり緩めてしまっている。爵位号を持つ文字通りの貴公子であるというのに、この淫らな場所にいても不思議に違和感はない。窓辺に頬杖《ほおづえ》をついたしどけない様子が、この部屋の空気に添うているのだ。

この人が、こんな表情も持っているなんて、千冬は知らなかった。

「帰ってください。帰って」

その言葉を聞いて、玲人は苦笑した。見世が運んできた水揚げ祝いの酒を手酌で杯《さかずき》に注ぎ、口を付ける。

「初めてお前とまともに話をするのに、『帰れ』ときたか」

「何をしにいらしたんですか。ここは、これから結婚なさる華族様がいらっしゃる場所ではありません」

舌が縺《もつ》れそうになるのを堪え、一気にそう言い放った。ぷいと顔を背ける。

「ふうん。それじゃあどういう所なんだ？」

千冬は返答に窮してしまう。意地の悪い質問だった。

ここは花街、男が色を買う場所だ。それくらい千冬にも説明が出来る。

だけど、玲人にはこの姿を見られたくない。いったい何故、玲人はここにやって来たのだろう。身分違いの、もう会えない人だと思ったのに。もうこれ以上千冬の心を乱さないでほしい。

体をおもちゃにされても、それでも許してしまうくらい、好きな人なのに。

身分違いだと分かっていても——一生、好きでいるだろうと思う人なのに。

「俺が海辺で拾って面倒を見ていた子供が、花街に戻って早速体を売り始めたと聞いたので、俺が水揚げ客になってもいいかと思った次第だ。お前が大嫌いな、華族の気紛れと思え」

そう言って玲人はいきなり立ち上がると、体を竦ませる千冬の手首を摑み、緋い褥《しとね》の上に放り投げる。すぐに体を起こそうとした千冬に圧し掛かり、冷笑を浮かべて見せた。

「俺は、色子を買いに来た。買った色子を抱いて何が悪い」

「いや……」

玲人はどうしてか、千冬に冷たくあたる。

千冬がさっきから玲人に反発してみせるのは、今、色子として売り出されている立場への恥ずかしさと、前回の行為がとてもつらかったからだと分かっているはずなのに。玲人は平素からは有り得ない、意地悪な表情を見せる。

どうして？

あんなに世話になったのに、千冬が拙い手紙を一枚残して花街に帰ったから？

お礼もまともに言わずに姿を消そうとしたから？

だって仕方がなかった。追っ手はすぐ傍まで迫っていて、千冬は玲人に迷惑をかけたくなかった。それに彼の所に戻ったところで——千冬は永久には、玲人の傍にはいられないのだから。

華族である玲人と引き比べ、千冬は簡単に虐げられてしまう、非力で貧しい子供でしかないのだ。

「無理やりしたくせに。あんな酷いこと、無理やりしたくせに……！　もういや、あんなことは嫌」

玲人の腕の中で、千冬は何度も彼の胸を叩く。

それなのに、胸の前で結ばれていた帯は、呆気なく解かれてしまう。玲人の手付きは千冬を怯えさせるほど物慣れていた。内掛けと着物を剝《は》がれ、四つん這《ば》いになって逃げ惑う千冬の緋襦袢の裾が摑まれ、大きく捲り上げられてしまう。裸の尻が丸出しになってしまった。

「や、やだ――――！」

「……いい格好だな」

四つん這いの格好のまま腰を抱かれ、胡坐をかく玲人の真正面に引き寄せられてしまう。千冬は固めた拳で玲人の膝を何度も殴った。玲人は「とんでもない暴れん坊の色子だ」と呆れたような表情でいる。

しばらく千冬のするがままにさせていたが、不意に思いも寄らない言葉を口にした。

「されるのが嫌ならお前がしてみろよ」

「え……？」

千冬は衣服が乱れたまま、目を見開いて肩越しに玲人を見やった。

「お前が俺を満足させられたら、このまま帰ってやる」

帰ってしまうの？

千冬はずきんと胸が痛むのを感じる。

帰れと言って、帰ると言われると、千冬は途端に切なくなる。会えないと思った人に、また会うことが出来たのに、またこの人と離れなければならない。

慣れない褥の上で、まだ指一本触れられていないというのに、千冬はすでに玲人に翻弄されていた。

「ただで帰るとは言ってないぞ。お前が俺を満足させられたらの話だ」

満足させるって？　どうしたらいいの？　玲人は千冬に何を求めているのだろう。

「あの時、俺が散々してやっただろう？」

玲人の口調は淡々としていたが、千冬ははっと息を呑んだ。

「指と唇で。お前はそれで泣きながら達したんだ」

「やっ!!」

千冬はぶたれたように、思わず顔を背けた。

あの時のことは、言わないでほしい。

あんな経験、千冬には生まれて初めてだった。衣装を解かれ、素肌を晒《さら》されて、堪《たま》らなく恥ずかしかったのに。玲人の指先や唇で体の方々に触れられると、焦れったさと、途方もない熱が体の奥から込み上げてきた。

千冬はその熱を吐き出さなければどうにも堪えきれなくなり、とうとう玲人にされるがままに、性器から迸《ほとばし》りを放った。千冬が吐き出した体液は玲人が口腔で受け止めてしまった。

あの時、千冬は羞恥《しゅうち》にただ身を竦め、啜り泣くしかなかった。

「あんなことっ！」

千冬は空元気を絞り出して、真っ赤になって怒鳴った。

「あんなこと、もうしない！　絶対にしないです！」

「だから、されるのではなくてお前がすればいい。俺に何をされたか覚えているだろう？」

「……あ」

顎を摑まれ、上から見詰められれば、千冬にも玲人の意図が察せられた。玲人があの時したように、千冬もしてみろ、と命じられているのだ。

千冬はしばらく考えたが、真っ赤になったまま頷く。

ただされるより、する方が自分の意思を介入出来るだけましだと思ったのだ。それがいかに短慮だったか、千冬はすぐに思い知らされることになる。

千冬は拙い手付きで、玲人の衣服に手をかける。千冬自身は洋装をしたことがないので、背広の解き方など分からない。何度も首を傾げながら、ようようベルトの留め金を外し、ズボンの中に仕舞われていたシャツを引っ張り出す。

それだけでたっぷりと時間がかかり、気ばかりが焦る。

黒いズボンの前を開け、下着を開く。千冬はまともに、玲人の性器と向き合った。それは何ら恥じることのない、堂々とした雄だった。清潔な匂いがする。

千冬はだんだん恥ずかしくなる。無体を強いられているのは千冬のはずなのに。まるで千冬が欲しがって、自ら玲人を明らかにしているみたいだ。

「どうした？　客にただ寒い思いをさせるつもりか？」

からかわれて、千冬はきっと玲人を睨んだ。

玲人が意地悪をするから、千冬もつい意地を張ってしまう。

目を閉じ、手探りで玲人を摑むと、思い切って口を開ける。いきなり口に含んでみた。

「…………………」

「ふうん……」

玲人は面白そうに千冬の口元を眺めている。玲人に抱かれた時には、先に手の平と指で散弄られたのだけれど、口腔に含まれた時の衝撃で、それらの記憶がすっかり吹き飛んでいた。いかに玲人の口技がよかったか、告白しているようなものだ。

先端を口に含んでいても、玲人にまったく反応はない。

千冬は内心で首を傾げる。

玲人にされた時は、舌や唇の熱い感覚に、性器が蕩けてしまいそうなほど、気持ちが良かったのに。

「どうした、降参か？」

「ちが、違います」

玲人はどうしていたのだろう？

記憶を反芻《はんすう》しながら、舌を蠢《うご》めかせたり、手を添えて前後に揺すってみたりする。しかし、千冬が玲人に見せたような反応は返ってこなかった。玲人が笑うのが聞こえて、千冬はひどく焦った。

「下手くそめ。『帰れ』が聞いて呆れる」

「あっ!!」

千冬は驚いて、背後を振り返る。

千冬は一生懸命仕事をしているのに、玲人が悪戯《いたずら》を始めたのだ。千冬の襦袢の裾をすっかり捲り上げ、尻を再び丸出しにすると、双丘の肉を揉み込むように、両手の平で鷲《わし》掴みにする。

上下に揺すられ、揉みしだかれ、その刺激が敏感な性器にまで波及する。千冬は蚊の泣くような声を漏らした。

「いやぁ……」

「あまりに色子が下手でつまらない。こちらはこちらで楽しませてもらおう」

「しないって言ったのに……! 嘘つき……!」

「拙いお前が悪い」

そう言って、千冬の尻をいっそう左右に割り裂く。尻の裂け目を風が抜けたように、すうと冷えた。

「……ん、あ……」

千冬は知っている。今、玲人に開かれた双丘の奥にある、千冬の秘密の窄まり。そっと息を潜めているその蕾で、千冬は玲人を喜ばせなければならないのだ。

それが、色子の務めなのだ。

かちゃりと陶器が触れ合う音を聞いて、千冬ははっと顔を上げた。褥の枕元には、白い陶器の小瓶《こびん》が置かれている。玲人はその蓋《ふた》を取り、中に入っていた何かを長い指先ですくった。蜂蜜を少量の水で溶いたような、とろりとした液体だ。

「や……、なに……？」

それは見世が用意している香蜜《こうみつ》という潤滑剤《じゅんかつざい》だった。物慣れない千冬は、そんな液体一つに怯えてしまう。怖気《おじけ》づいて、そろそろと膝で後ずさるが、玲人はそれを許さない。

「ん、んくっ」

千冬に仕事の続きを促し、彼の性器に奉仕する唇の有り様を眺め下ろしながら、一方で千冬の蕾を指先で弄ぶ。香蜜を蕾に塗《まぶ》され、だんだん千冬の下肢が熱くなってくる。玲人の指先は、そこが見えているように巧みに、器用に動く。まるで襞の一本一本に馴染ませるかのように。口淫を促され、下肢を愛撫され、千冬は二重に凌辱《りょうじょく》を受けている気分だった。

「ん……、っ……、あ————……」

玲人には相変わらず反応はない。

玲人はこんなに綺麗なのに。上品で賢くて、いつも穏やかだ。

褥の上にいて、こんなに淫らなことをしている時まで、玲人の気品は崩れることがなく、ただ千冬ばかりが喘がされている。

「あぁ……、ん……」

やや浅い場所に潜り込んだ指が、ゆっくりと前後に揺さぶられた。

「あぁ……っ、揺すっちゃ、ダメです……！」

懇願とは裏腹に、指を深く挿入された途端、千冬の膝が崩れた。玲人の性器に指をかけたまま、体が緋色の褥の上に横倒しになる。

蕩けるような喘ぎ声が、唇から漏れた。頬を褥に擦り付け、腰を高々と上げた姿勢で、千冬は玲人に蕾を開かれる。柔らかく潤んだ内部を擦られるのが、とても気持ちいい。

ぬるぬると蕾の中を擦り上げられる度に、千冬は恥ずかしい声を漏らした。

ずっと出なかった声が、こんな時に堪えようがないほど唇から流れ出す。

「……今日が水揚げだっていうのに、ずいぶんはしたない色子だな」

千冬ははっと我に返った。自分の潔白を晴らそうと、必死にかぶりを振る。

「……ち、違う、気持ち良くなんかありません」

「こっちを、こんなにしているのに？」

性器を摑まれ、千冬はくぐもった悲鳴を上げる。

言葉では嫌と言っても、千冬の心と体は、玲人が大好きだと、もっと触ってほしいと訴えているのだ。それを認めなかった罰のように、蕾と性器を、長々と指で弄ばれる。達しそうになると性器の根元をきつく指で締められ、苦痛に絶頂感が遠のくと、再び前後の二箇所を同時に嬲《なぶ》られる。

「あっ、あん……っ！　ダメです、いや……」

「いや、だらけだな、お前は。こんなに欲しがりなくせに」

抽挿が気持ち良くて、つい、いや、という言葉が唇をつく。根元まで咥え込まされていた指が、ずるりと引き出された。

「もう二度と嫌だとは思わないよう、もっとたっぷり濡らして、感じさせてやろう。この入り口を指で開いて、――」

千冬の両足首が一纏めに摑まれ、一気に仰向けにされてしまう。膝が額に付くほど倒される。

そしてその言葉の通り、玲人は千冬の窄まりを左右に押し広げた。お前の恥ずかしい場所が何もかも丸見えだ、と意地悪く耳元で報告される。

「やだあっ」

「器をここに押し付けて、香蜜を注いでやろう。それとも、何度も俺の指で塗ってやろうか？　ほら、指で弄ると喜んで襞がひくついてる」

大きく指で押し開かれた窄まりの内側を、玲人に見詰められる。そこに香蜜を注ぎ込まれたり――または、香蜜でとろとろに濡れた指先で、奥を何度も何度も探られたりする。

その光景がまざまざと脳裏に浮かび、千冬の小さな心の臓は弾《はじ》けそうになってしまう。だが、玲人が次に施した愛撫は、そのようなものではなかった。赤ん坊がおむつを替えるような無様な格好をとらされたまま、あられもなくあからさまになっている窄まりに――――玲人は口付けたのだ。

「ダメ――――っ!!」

千冬は悲鳴を上げ、飛び起きようとする。

だが割り裂かれた脚は玲人の両肩に担ぎ上げられ、愛撫を拒んで揺れる腰も、しっかりと押さえ込まれている。

「いやっ！　玲人様、お願い、それは嫌、それだけは許してください……！」

千冬は泣き叫んで、両手の平で顔を覆う。

「お願い、汚い……そこはきたないところです」

「汚い？　何故？　まるで早咲きの桃の花のようなのに」

「ああ……っ」

指先でいっそう寛げられ、窄まりの襞を捲り上げられると、そこにまで舌を這わされる。

こんなに綺麗な人に、こんなに高貴な人に、そこに接吻をされるなんて。

玲人を汚してしまった罪悪感に、千冬は堪らず啜り泣いた。

だが、ぬるぬると敏感な場所を這い回る玲人の舌の感触に、千冬の泣き声はだんだん密《ひそ》やかになり、やがて濡れた吐息に成り変わる。

「――――ああ……っ」

香蜜に次いで唾液で濡らされた蕾に、指を激しく出し入れされ、室内にはくちゅくちゅと濡れた音が響いている。

がくがくと、膝下が痙攣を始めた。ずっとずっと焦らされて、弄ばれ続けて、千冬はもう堪えきれない。

「気をやるなら遠慮なくするといい。見ていてやるから」

「そんな……」

そんなのは、恥ずかしいと言った途端、内部でぐっと指を上向きに折り曲げられた。玲人の指先が、千冬の感じやすい箇所を掠《かす》めた。

「——あぁ……っ!!」

千冬は背中を仰け反らせ、堪えきれずに射精を迎える。

涙を流し、下肢を自らの精液で汚し、千冬は二人分の汗で湿気た褥の上に呆然と横たわっている。恥ずかしい染みがそこここに出来ている。精を吐いた時の粗相だ。羞恥に泣きたい気持ちになる。

しかし、玲人の行為は止まらなかった。射精直後で弛緩《しかん》した体は玲人に抱き竦められ、蕾には再び、香蜜を塗り重ねられる。もう、一度玲人に抱かれたことがある千冬には分かった。

玲人を受け入れる準備を施されているのだ。

熱の塊を脚の間に感じた。千冬はこくりと喉を鳴らす。

「今のお前を見てると、堪らなく凶悪な気持ちになる」

「玲人、さま……」

千冬はいや、と首を横に振る。

だが、次の瞬間、千冬の悲鳴が座敷に響いた。

「あ、あ――……っ！　あぁ――っ！」

玲人は、何の慈悲もなく、千冬の体を貫いた。たっぷりと塗られた香蜜はぬるぬると滑りがよく、千冬が拒絶するにもかかわらず、稚い蕾はすぐに一番奥まで、玲人を受け入れてしまった。

いつの間にか玲人も衣服を解き、二人は汗ばんだ肌を重ね合わせる。

「はぁ、はぁ……」

皺《しわ》が寄るほど褥を摑み、挿入の衝撃をやり過ごそうとする千冬に、玲人が問いかけた。

「――何故、黙って俺の傍を去ろうとした？　あんな手紙を一枚きり残して、俺が心配をしないとでも思ったか？　お前の無事を思ってどれほど気を揉んだと思ってる」

「……どうして？　どうして玲人様が心配なんてなさるんですか？」

玲人が何を尋ねているのか、千冬には本当に分からなかった。千冬は涙を浮かべながら、息も絶え絶えに問い返した。

「どうして？」

玲人は微笑を浮かべる。それはどこか寂しそうにも見えた。

「お前を愛しているからに決まってる」

千冬は、快感のあまりに幻聴を聞いたのではないかと思った。睫毛の先に涙の雫《しずく》をのせ、何度か瞬《まばた》きをする。

「今、何て言ったの……？」

「お前を愛していると言った」

「…………」

千冬は呼吸を弾ませたまま、玲人を見上げていた。

「俺の地位も血筋も関係ない。お前の出自も関係ない。ただお前を愛していると言った。十年前、真珠を渡したあの雪の日からずっとだ」

「覚えていて、くださったんですか……？」

玲人も思い出してくれたのだ。自分たちは、十年前にすでに出会っていたのだと。千冬はずっと、あの真珠を大切に大切に持ち続けていたのだと。

村で出会ったあの少年は、いつか返してもらうかもしれないと言ったその言葉の通り、千冬から真珠を取り戻しにやってきた。

千冬は彼に、真珠と共に心と体を差し出した。

玲人がくすりと笑った。

「お前が俺の初恋の相手で、ずっとお前を探していたと言ったら、どうする？」

「玲人様……」

「俺は自分で考えているより、遥かに鈍い男だな。同じ屋敷で過ごしていながら、お前があの時の子だと気付かずにいるなんて。でも仕方がない。何しろ、俺はあの子が、女の子だと思っていたから」

「……ひどい」

「だが、お前が可愛いことには変わりない」

少女と間違われて、ついついぷっと膨らんだ頬に、玲人が唇を寄せる。千冬の中にいる彼の動きが、やや淫らになった。腰を引き寄せられ、結合をいっそう深くすると、潤った内部をこね回すように揺さぶられる。

「あっ、ああ、ん……」

「背中に手を回せ、千冬。もっと良くなる」

千冬は素直に玲人の言葉に従った。彼の逞《たくま》しい背中に両手を回す。彼の温かい素肌に触れると、胸に安堵《あんど》が募る。玲人が言った通りだった。体と一緒に、心も自由に、気持ちが良くなる。

「あ、あ……っ、奥、きもちい……」

千冬は眉根を寄せ、夢中で玲人に訴えた。

奥を突かれたら、とても気持ちがいいと。

「きもちい、玲人様……」

「お前は……？　今も俺が怖いか？　今も、華族なんて『大嫌い』か？」

千冬を快楽の極みへと追い詰めながら、玲人はそんなことを尋ねた。

快感の最中で、千冬の思考は千々に乱れそうになっている。目元を桜色に染め、千冬は唇を震わせる。

「う……」

「千冬……？」

「……いいえ、玲人様が好きです……」

千冬は、精一杯に自分の真心を言葉に込めた。

「み、身分違いって分かってても、俺は玲人様が好きだから。だから、玲人様」

褥の上で、千冬は玲人を見上げる。

あの風鈴と同じ色。優しい緑色の瞳が、千冬を見詰めていた。

「……俺を見捨てて行ってくださっても、構いません。俺を残して東京に戻られても、俺は玲人様を恨みません」

千冬は褥につかれた玲人の手を、ぎゅっと握り締めた。

「お守りも、なくてももう……平気です。冬になれば、雪が降るから。真っ白い雪を見たら、

玲人様がくれた真珠を、玲人様を思い出すから」

千冬は考えていた。玲人がこの見世を訪ねてくれたのは、恩知らずな真似をした千冬への意地悪でもなく、お仕置きでもなく——

ただ単に、別れを言いに来たのではあるまいか。玲人はもう、叶世らと一緒に東京へ帰ってしまうのではないだろうか。

「だから、だから……」

「そんな真似、出来るわけがない。お前を愛していると言っただろう？」

彼の情熱を知らしめるように、灼熱《しゃくねつ》で柔肉を掻き混ぜられる。

「あ、あぁんっ！」

「愛してるんだ、千冬。お前だけだ」

劇的な告白の後で、両足首を摑まれ、それを大きく開かされる。玲人は力強く千冬を突き上げてくる。

声も上げられないほど激しい性交に、千冬の脳裏は白く霞《かすみ》がかる。

玲人は視線を下向け、その美貌に悪戯っぽい笑顔を浮かべる。

「千冬の恥ずかしい場所が丸見えだ」

「あっ」

千冬は咄嗟に真っ赤になって、玲人の背中を手の平でぶった。玲人を美味しくしゃぶっている千冬の様子がとても可愛いというのだ。千冬は見ては嫌だ、と手で覆った。

「やっぱり、玲人様は、さっきから意地悪ばっかり……！」

「そう、俺は本当は意地悪なんだ。今も、どうすればお前が可愛い声で囀《さえず》ってくれるのか、そればかり考えている」

そんなふしだらな囁きで千冬を真っ赤にさせ、玲人はさらに恥ずかしい言葉を重ねる。

ここは、どうなっている？　玲人を受け入れている場所を見るように命令される。

「……そ、そこには、玲人様が入っています」

「そう。それから？　千冬はこれから俺にどうしてほしい？」

「ち、千冬は……、玲人様に、中を……、中を擦っていただきたいです……」

羞恥のあまり、語尾は震え、掠れてしまっていた。

「いい子だ」

玲人は大きく腰を引き、そうして千冬を穿つ。ずん、と脳天まで甘い衝撃が駆け抜ける。

「あう……！」

玲人は千冬が望む律動をくれた。恥ずかしくも感じやすい最奥を掻き回され、千冬は嬌声を上げる。玲人にしがみつき、彼の抽挿に合わせて、無意識に腰を使った。二度目の行為だというのに、千冬はすっかり悦楽を感じ始めている。仕方がなかった。何しろ相手は、千冬が誰より大好きな人なのだから。

快楽に陶然となると、乳首をとろりと舐められ、内部の玲人をぎゅっと締め上げてしまう。

玲人の形がはっきりと分かるほどだった。

「ぁ……っ、は……！」

千冬は涙を溜めた目で、玲人を見上げた。

泣きながら、けれど千冬は玲人に微笑を見せた。

「……玲人様が好き。大好きです」

千冬は拙い言葉で、一生懸命に自分の思いを伝えた。玲人が優しく微笑み返してくれる。

やがて、二人は同時に絶頂を迎えた。

十年越しにようやく心を繋げた瞬間だった。


「ヒューベリオン！」

玖珂家の馬車を降りると、物音を聞きつけて、ヒューベリオンが飛んでくる。

自由に声が出るようになった千冬は、ずっと伝えたかった言葉を口にした。

「大好き、ヒューベリオン。大好き」

そして、大急ぎで車寄せから玄関ホールに入る。

千冬の身柄は、玲人が見世から買い上げることになった。そこには花街独特の大変な仕来りがあり、玲人は千冬を買い取るために様々な手続きを負わなければならないのだが、千冬はそれを今は知らない。知らされることもない。ただ、自由の身になったことを純粋に喜んでいた。

「叶世さんは？　俺、叶世さんにもお礼が言いたいです。だって叶世さんには、色んなことを教えてもらったし、色々構ってもらったし」

「何だか妬《や》けるな……」

玲人が苦笑する。

「叶世と華子ちゃんは、東京に帰ったんだ。今朝、馬車でこの別荘を出た」

「え……じゃあ、もう会えないんですか？」

「俺と一緒に東京に帰れば、いつでも会えるよ」

「東京に？　俺が……？」

「一緒に、帰ってくれるな？」

「俺が、俺が……玲人様と一緒に？」

「そう。お前と一緒に帰りたい」

千冬はしばらく俯いていた。視界がもうすっかり、ぼんやりと霞んでいる。上を向くと、喜びの涙で目が潤んでいるのを、玲人に気付かれてしまうから。けれど、玲人は、何もかも見透かしている様子で千冬の顔を覗き込んでくる。

「や」

「お前が住んでいた故郷も、お前からの証言を得ながら何とか場所を突き止めたいと思う。その前に、俺と一緒に、俺の恋人として、玖珂家に来てほしい」

千冬は頷いた。ぱらぱらと涙の雫が落ちる。もう、涙を見られても恥ずかしいとは思わなかった。

玲人は少し不安そうに、千冬を見下ろしている。

「千冬。お前の涙はたいそう美しいが、俺は今は、お前の返事が欲しい」

「はい。玲人様、……はい」

答えるなり、ぎゅっと抱き締められた。二人はしばらく、そうしてお互いが傍にいる幸福を確認し合った。

「それから叶世から伝言を預かってる」

風鈴を直してくれた職人の家で千冬に狼藉《ろうぜき》を働いた男には相応の仕置きをしておいた。千冬が街で何をしていたのか探っていた叶世は、例の職人に行き当たった。千冬が工房に来なくなったので、何かあったのかと職人も心配していたのだそうだ。

そして工房の客でもあるあの男が、千冬に乱暴しようとしたことを突き止めてたいそう怒っていたらしい。

そういえば、せっかくよくしてくれたのに、あの職人にまだお礼を言っていない。

「風鈴を直してくれた謝礼は、俺からしておいた。叶世の言う『仕置き』とやらの内容が気になるな」

悪人にはまったく容赦のない幼馴染みだからと、玲人は独り言《ご》ちている。そうして、おや、と呟く。居間の傍らに置かれたイーゼルと、それに立て掛けられたカンヴァスに気付いたのだ。

「来てご覧、千冬。叶世の奴、いつの間にこんなものを仕上げたんだろう」

そこには、玲人と千冬が描かれていた。

千冬は大振袖を着て一人掛けのソファに座り、玲人はソファの肘掛けに浅く腰掛けている。そうだ、まだ千冬が来たばかりの頃に、叶世が戯れに描いたものだ。玲人の傍にいて、千冬の顔はまだ緊張しきっている。

それがこんなに幸せに満ち足りた笑顔を浮かべることになるとは、玲人も千冬も、知らなかった。

カンヴァスを見詰め、二人は肩を寄せ合い、口付けを交わす。

庭には一陣の風が吹き、緑の風鈴は、小さな音色を立てている。そして風奏琴がいつもの音色を奏でているのが聞こえる。

「……俺が拾った人魚姫は、悲劇を迎えて海の泡にはならなかったな。……『象牙《ぞうげ》の船に、銀の櫂《かい》』」

『月夜の海に浮べれば、忘れた唄をおもひだす』

千冬は玲人の傍で、以前教えてもらった「かなりや」の歌を口ずさむ。

声を取り戻したカナリヤは、大好きな主の元で、これからずっと、愛らしい声で幸せを歌うのだ。

雪とカナリヤ

居間の大時計がまだ眠たそうな重たげな音を鳴らした。

「まだまだ雪、止《や》みそうもないね」

今日は朝の散歩に連れて行ってもらえずにいたヒューベリオンは不満そうにきゅんと鼻を鳴らす。

「うん、ごめんね。もしかしたら午後には晴れるかも。そうしたら海に行って追いかけっこをしようね」

閉め切られたフランス窓に手の平と額を押し付け、千冬《ちふゆ》は雪の降る庭を眺める。ひんやり冷たいガラスの向こうの庭園には朝からずっと雪が強く降り頻《しき》り、見事に手入れされた植木や冬花を白く染めている。暦の上では春が近いが、北国のこの地方ではまだ時折酷《ひど》く冷え込む。

「すごく綺麗《きれい》だけど、散歩向きの天気じゃないよねえ……」

ヒューベリオンは庭園や、その向こうに続く海辺を駆けっこするのが大好きなのだ。特に、最近千冬とヒューベリオンが気に入っているのは波との追いかけっこだ。

波が寄せれば岸に逃げ、波が引けばそれを追う。転んだり、海水で濡《ぬ》れたら大変なので、千冬もヒューベリオンも波追いに必死だ。でもそれがたいそう面白い。

こちらを見上げて尻尾《しっぽ》を振るヒューベリオンに、にっこり笑って千冬は言った。

「大丈夫。雪が止んだらすぐに連れて行ってあげるから」

「それは駄目だ」

サンルームのソファに座り、午後のお茶を飲んでいた玲人《れいと》が千冬を窘《たしな》めた。外は暗い天気だが、玲人の美貌《びぼう》は晴れた日とまるで変わらず、光をはらんでいるかのように麗々しい。西洋の血を継いでいる彼は色素が薄く、髪は金褐色で、瞳は緑がかっている。硝子《ガラス》細工のように澄んだ色彩だがその美貌は凛々《りり》しく、男らしい。

玖珂《くが》玲人伯爵——二十三歳にしてこの屋敷の主であり、そして千冬のことを、恋人、と呼んでくれる人だ。

玲人は立ち上がると、ゆっくりとソファから立ち上がり、こちらに近付く。千冬の背後に立つが、かなり身長差があるので、玲人の手は千冬の着物の肩山の辺《あた》りに置かれる。千冬は少しどきんとした。綺麗だけど、男らしくしっかりとした長い指。千冬はその指の感触を、とても——とてもよく知っていた。

「どうして、駄目ですか？　今日の分の読書も勉強も済ませました。ヒューベリオンも遊びたいみたいです」

「今日はこれからまだ降りが強くなる。それに、波を追うあの遊びは良くないぞ。この前、砂地に足を取られて転んで、お前もヒューも酷い格好で帰って来たじゃないか」

「あれは……だって」

一昨日《おととい》の話だ。よく晴れていたので、千冬とヒューベリオンは喜んで浜辺に出た。そうして例の追いかけっこをし、穏やかに寄せ引きを繰り返す波と戯《たわむ》れた。ヒューベリオンは興奮して嬉しげに吠《ほ》え、千冬も夢中で濡れた砂の上を裸足《はだし》で駆け回った。着ていた着物の裾《すそ》はしっかりたくし上げていたので濡らしたり汚したりすることはないはず、だった。

ところが半刻もしたとき突風が吹いたのだ。思いも寄らない方向から高い波が上がり、千冬もヒューベリオンもあっという間に海水を頭から被《かぶ》ってしまった。

ずぶ濡れになった千冬は屋敷に帰るに帰れず、庭園の隅に隠れて半泣きになっていた。厚みのある着物はなかなか乾かず、寒さに震える千冬から、ヒューベリオンも離れようとしなかった。夕飯時になっても戻らない一人と一匹の不在を心配した玲人やメイドたちに探し出され、玲人には「風邪でもひいたらどうするつもりか」とたいそう叱《しか》られてしまった。

「あの時は、あんな風が突然吹くなんて思わなかったんです。着物を濡らしてしまって申し訳ありませんでした……」

「それは構わない。お前とヒューベリオンが無事で風邪もひかなかったんだからそれでいい」

玲人は千冬の髪に触れ、優しく微笑した。玲人の笑顔が大好きな千冬もやはり笑顔になってしまう。千冬がヒューベリオンと同じ犬なら尻尾を右に左に振っていることだろう。

けれど、海辺で遊べないのはやはり残念だ。書斎で本を読むのも好きだし、明日の分の勉強をするのもいいけれど、それではヒューベリオンがつまらないだろう。

それに、千冬にはどうしても不満があるのだ。

「もう着物を濡らしたり、汚したりなんてしません。だけど、おかしいと思います。俺、男なのにこんな風に女の子の格好なんかして……。波を被ったときも、普通の、男の格好だったらもう少し素早く動けたんじゃないかと思うんです。華子《はなこ》さんはもう東京に帰られたことですし、もう、男子の格好をしてもいいんじゃないでしょうか」

千冬がこんな風に女物の着物を着ることになったのは、玲人の幼馴染《おさななじみ》、天城叶世《あまぎかなせ》の企《たくら》みがあってのことだ。女装した千冬を玲人の婚約者に仕立てることで、華子の玲人への恋を諦《あきら》めさせようとしたのだ。しかし、兄妹は千冬がこの屋敷を離れていた間に帰京してしまっていた。突然のことで千冬は驚いたが、東京で何か火急の用が出来たのだと玲人からは説明を受けた。

その際、華子は色々悪かった、と執事の田村《たむら》に言付《ことづ》けていたという。

千冬はよく分からず首を傾《かし》げた。華子に謝られるようなことは何もされていない。

「……どういうことなんでしょうか？」

「色んなことを叶世に言われて、きっと華子ちゃんも華子ちゃんなりに考えたんだろう。何、お前は深く考える必要はないよ。どの道、あの兄妹には東京に帰ればいつでも会えるのだから」

そのときには、紅茶でも飲みながらゆっくりと華子の「謝罪」を聞いてやればいい、と玲人は言う。

「叶世もお前の声を聞けば驚くだろうな。相変わらずやりたい放題だろうから、可愛いカナリヤをあいつに攫《さら》われないように俺も気をつけないといけない」

つむじに悪戯っぽく口付けされ、そのくすぐったさに千冬は首を竦《すく》める。

「で、でも、俺は普通の男子の服を貸していただきたいです。この、女の子用の着物はもう……」

「下の街に出れば、お前の衣服くらい簡単に揃《そろ》うが。どうしても嫌か？　叶世の言い分じゃないが、お前にその格好はよく似合ってる。それに――」

珍しく、玲人が何か言い淀んだ。千冬は首を傾げる。

「え？」

「――いや、それに毎朝、衣装部屋に入って今日はどの着物をお前に着付けるか考えるのは楽しい」

意地悪やからかいで言っているのではなく、玲人は心底そう思っているのだ。

大好きな玲人が褒めてくれているのだから喜ぶべきなのかもしれないが、あまり嬉しくない。

やはり女物を着るのは気恥ずかしい。それに不自由で仕方がない。

長い袖《そで》の扱いは大変だし、絹で織られた着物はそれ自体たいそう重い。これはつくづく、自分では忙《せわ》しなく立ち働く必要のない特権階級である華族様たちのための衣装に間違いないと思う。それでいて何故《なぜ》か捕縛されているような気持ちにもなる。

玲人は腕を組み、しばらく黙考した。そしておもむろに目を上げる。その形のいい唇には笑みが浮かんでいた。

「そうだな、じゃあ今から俺と目隠し鬼をしようか。俺が負けたら今後、女の子の衣装を着せるのは諦めるよ」

目隠し鬼。聞き慣れない言葉に、千冬は首を傾げた。

「目隠し鬼、ですか？」

「そう、鬼ごっこだ。今日みたいに静かな雪の日にはよく似合う。鬼は手拭《てぬぐい》か何かで目隠しをする決まりだ」

「目隠し？　でも目を塞《ふさ》いでるなら、逃げる相手を捕まえるのは難しそうです」

「大丈夫、鬼から逃げ回る者は手を打って自分の居場所を知らせるんだ。もちろん、鬼が迫って来たら逃げる次第だが」

千冬は納得して頷《うなず》いた。

波追いも好きだが、「目隠し鬼」も面白そうだ。

「手拍子では少し愛想がないな。このハンドベルを使おうか」

暖炉の上に飾っていたベルを取り上げる。以前、千冬が声を出せなかったとき、このベルを鳴らすことで意思を伝えていたのだ。千冬の思い出深い、大好きな音色だ。

「おいで、目隠しをしよう」

「俺が鬼をするんですか?」

「そうだ、最初は遊びの勝手が分からないだろうから。俺がこのベルを振るから、音を追っておいで」

「分かりました」

新しい遊びに千冬もすっかり興味津々《しんしん》だ。

玲人は千冬の肩に手をかけ、身体《からだ》を反転させると、ナプキンを斜めに折って作った目隠しで千冬の目を覆う。頭の後ろでいい塩梅《あんばい》に縛ってくれた。千冬が布の下で目を開けても白い闇《やみ》が見えるばかりで、もう窓の外の景色も玲人の姿も見えない。

玲人が身体を退《よ》けるのが、気配で分かった。ちりん、とベルが鳴らされる。遊戯が始まったのだ。

「さあ、こっちだ千冬。ベルの音が聞こえる方においで」

室内の様子を思い出しながらハンドベルの音色を辿《たど》る。

テーブルやソファの配置はおおよそ覚えているからぶつかることはないと思う。けれど足元や前方が一切見えないことが少し怖く、身体が竦《すく》んだ。何かにぶつかって転んで怪我《けが》をしたらどうしよう?

「大丈夫だ。危なければ俺がすぐに助ける。怪我なんてさせないよ」

千冬からは見えないけれど玲人は千冬の一挙一動を見守ってくれているのだ。

暖炉で火が爆《は》ぜる音、風の音、遠くの海鳴り。目が見えない分、自然と耳がとぎすまされる。

思い切って一歩前に進んだ。一歩、さらに一歩。思った場所でソファの肘掛《ひじかけ》に触れてほっとする。

調度の配置は間違いなく記憶出来ているようだ。さあ、玲人を捕まえなければならない。

「玲人様……」

よろめきながら千冬は身を返した。ハンドベルのちりんという音を追う。

「千冬、こっちだ。さあおいで」

ベルの鳴る方へ鳴る方へとちょこちょこと足を寄せながら、この不自由な遊戯が楽しくなって来た。着物では大きな歩幅は取れないし、振袖の長い袖が差し伸べた腕に絡み付いてしまいそうなのだが、大好きなご主人様を捕まえるのだと思うと心が弾む。

足の裏に毛足の長い絨毯《じゅうたん》が押し返す柔らかな感触があった。草履《ぞうり》と足袋《たび》を履いていても分かる。居間から廊下に出て、今は階段の辺りにいるのだろう。

「階段だ。気をつけて上がっておいで」

ほんの近くで声がした。さっき言った通り、千冬が躓《つまず》いてもすぐに助けられるよう、ちゃんと傍《そば》にいてくれているようだ。段差も踊り場の位置も身体で覚えているし、片手で手すりに触れているので躓くことなく、二階に辿り付く。

さらに長い廊下をよたよたと歩く。自分のいる位置はだいたい分かっているつもりだ。ここは玲人の寝室の近く。けれど玲人のベルの音は近づいたり遠のいたりで、だんだん遠近感に自信がなくなってくる。

「玲人様……？」

ちりん、と左側遠くで音がした。

玲人はいつの間にか部屋に入っていたようだ。扉は開きっ放しになっていて、千冬はそっと部屋に侵入する。

「玲人様？　ここにいらっしゃるんでしょう？」

ちりん。

「もっと音を鳴らして下さい。今のままじゃ、どの辺りにおられるのかよく分かりません」

ちりん、ちりん。立て続けに鳴らされたベルの音に、千冬はすっかり嬉しくなり、小走りにそちらに近付いた。

「玲人様！」

両手を大きく開いて、千冬はベルを持つ恋人にしがみついた。玲人の手から離れたのか、ベルが絨毯の上をころころと転がる音が聞こえる。

「捕まえました！」

もう離さないつもりでぎゅうぎゅうしがみついたが、長身を抱えたその勢いのまま、千冬は前のめって倒れ込んだ。二人分の体重にスプリングが軋《きし》む。驚いて目隠しを取ると、千冬は玲人を押し倒す形でベッドの上にいた。いつの間にかこんな所にまで誘い込まれていた。

千冬に押し倒され、腹に乗り上げられている玲人は、面白そうに千冬を見上げている。自分を見上げる緑がかった瞳に、千冬はすっかりうろたえた。

「すいません。おかしなことをして。子供みたいですね」

玲人の上からどこうと身体を退けたが、その腰を取られ、玲人と位置の上下を入れ替えられる。

西洋の血が混じった、色素の淡い瞳や髪が、目の前だ。身体はもう、何度も重ねたはずなのに。千冬はこの美しい人に間近でじっと見詰められることに、未だにどうしても慣れない。心臓がどきどきして、どうしても落ち着かない気持ちになってしまう。

それに気づいているはずなのに、玲人は千冬を解放しようとしない。

「れ、玲人様……」

「俺も捕まえた。可愛い鬼だ。ヒューベリオン、済まないがここで失礼してもらおう」

そう言うと、扉の前で待機していたヒューベリオンに退去の合図を送る。ヒューベリオンは部屋からすっと出て行き、はずみで扉が閉まった。

千冬は尚圧《なおの》し掛かる玲人を両手で突き放そうとするが、力ではとても敵《かな》わず、手首の裏に甘く口付けられる。そうされれば、いくら色事に鈍い千冬でも、玲人が今から何をしようと考えているか分かってしまう。

真昼には不似合いの猥《みだ》りがわしい気配が迫って千冬は焦るが、玲人はまったく気にもしない様子だ。

「で……、でもいけません、まだ外はこんなに明るいのに」

「こういうこと《セックス》は夜にするものとは限らないんだよ」

「セ……！」

千冬はたったそれだけで真っ赤になってしまう。

「うそ、嘘です、そんな……っ！」

「本当だ。夜でも昼でも、相手を愛《いと》しいと思ったときに交わす行為だ。さっき頼りない足取りで俺を追って来るお前の様子は稚《いとけな》くて、可愛くて堪《たま》らなかった」

じたばたと手足を動かし抵抗するがそれは難なく捕らえられ、頭の左右のシーツの上に縫い止められてしまった。

暴れたので、千冬の呼吸はすっかり乱れ、着物は方々崩れてしまっている。

「玲人様、いけません！　駄目……っ、着物が崩れてしまいます」

「それはいけない。後でメイドに言って襦袢《じゅばん》から着付け直そう」

玲人はまったく余裕で、その返事もからかい半分のものだ。

着物の着付けにはたいそう手間と時間がかかる。

肌襦袢を着けた身体に、長襦袢に着物、これら一枚一枚を丁寧に重ね着せて、帯や紐《ひも》、何種類もの小道具で固定する。あまりにも難解すぎて千冬は未だに、襦袢一枚も自分で上手《うま》く着ることが出来ず、毎朝衣装室で、玲人やメイドに手伝って貰《もら》わなくてはならない。

だが、その着物も脱いでしまうのは――脱がされるのはあっという間だ。

「ん、んん――っ」

今も、玲人は千冬に口付けながら、帯止めのどこをどう解《ほど》いたのか、しゅっという音が聞こえたかと思うと、着物の合わせが簡単に緩んでしまう。襟《えり》を摑《つか》まれ引き落とされて、気が付けば千冬は脱ぎ散らかした着物の上で、ほとんど全裸に剝《む》かれていた。恥ずかしさに身体を縮めさせるが、こちらを見下ろす玲人はそれを許さない。震える千冬を力強く組み敷いて、肘に、肩に、喉元《のど》に、そして千冬の弱い胸の凝《しこ》りにも、賞賛するようにあちこちに口付ける。

「あ……」

「……千冬は可哀想だな」

はあ、はあ、と呼吸を途切れさせながら、千冬は涙目で玲人を見上げた。

その世にも美しい緑の瞳には、深い愛情と憐憫《れんびん》が現れていた。節の高い大きな手が、千冬の中心部を柔らかく押し包む。

「……あ、あぁぁっ」

「心は清らかなのに、身体はこんなに感じやすい。そしてたいてい、欲望は精神を凌駕《りょうが》する。お前みたいに汚れのない心を持っていても、快感の前には平伏《ひれふ》せざるを得ない」

玲人が言うには千冬の皮膚はとても薄く過敏で、ちょっとした愛撫《あいぶ》だけでも火がつき、千冬を悩ましくさせる。千冬の思考は、だんだんと朦朧《もうろう》としはじめた。

「玲人様……っ」

玲人の言う可哀想、の意味がよく分からないが確かにそうなのかもしれない。玲人の前で、千冬はただ、愛する人の感覚だけを追う、あさましい玩具に成り果ててしまうのだから。

「あ、ああ……」

「千冬」

名前を呼ばれ目を開けると、玲人の金褐色の髪は、千冬の股間《こかん》辺りを蠢《うごめ》いている。一番際どい場所を避け、太股《ふともも》の内側や、脚の付け根にも熱心に舌で愛撫する。

その熱い舌先が、だんだんと千冬の一番恥ずかしい場所に寄って来る。この続きを、千冬は知っている。千冬の身体の中心の器官を玲人の長い指で捕らえられ、先端に何度も何度も口付けされて、最後に玲人の熱い口腔にすっぽりと包まれて――

「あっ、あ、ダメ、そこ、ダメ……！」

千冬は背骨を反らせ、下腹部に近い玲人の滑らかな髪に震える指を重ねた。

凄《すさ》まじい衝撃に備えて身体を居竦ませたが、ふと彼の体温が遠のく。

不思議に思って、千冬は恐る恐る目を開けると、玲人は千冬の身体の上で半身を起こし、枕の傍に放置されていたナプキンを手に取った。

「せっかく目隠し鬼をして遊んでいたんだ。続きをしようか」

「え……？」

千冬の疑問に答える間もなく、ナプキンが先ほどのように再び視界を覆う。こんなことをする間に、視界を奪われる？　いくら相手が玲人でも、何となく不安に思った千冬は何とか逃げ出そうと身体を捩《よじ》った。

「でもだって、目隠し鬼はもう終わったんじゃないんですか？　俺、ちゃんと玲人様を捕まえました」

しかし返って来たのはからかいの言葉だ。

「いいや、捕まったのはお前の方だ。可愛い鬼を、俺は捕まえた」

「だって……、鬼の役は俺で、俺はちゃんと玲人様を捕まえて」

「しい、もう黙って。鬼でも天使でも、お前が可愛いことには変わりがない。こんな可愛い鬼を、じっと見ているだけなんてそれこそ拷問《ごうもん》だ」

目茶苦茶な理屈だが、千冬は玲人には絶対服従だ。もともと弁の立つ方ではないし、そのままさっさとやり込められてしまう。しっかり閉じ合わせていた腿《もも》に手をかけられ、大胆に開かれてしまう。

「さあ……可愛い鬼の、一番可愛い部分を見せてもらうよ」

千冬の身体の真ん中にある快楽の中心。放置されていたそこは、期待と不安にやや熱を募らせている。

「おや、まだこんな風なのか」

「…………っ」

目隠しをされているので、千冬には自分の性器がどんな具合に反応しているのか感覚でしか分からない。それがいっそう恥ずかしく、玲人のからかいに身が竦むばかりだ。

「……あっ」

輪郭をつ、と指先で辿られて、小さな声が漏れた。玲人のほんのわずかな愛撫にそこに一気に血の気が集い、頭を擡《もた》げるのを感じる。しかし、それが見えているのは玲人だけなのだ。

「さあ、さっきの続きをしよう」

言うか言い終わらぬかのうちに、千冬の性器は熱く濡れた粘膜にすっぽりと包み込まれてしまった。

その感覚は強烈で、千冬は声にならない嬌声《きょうせい》を上げて背をのけぞらせた。視界が奪われている分、身体の感覚が鋭敏になっているのだ。玲人の指先が舌がくれる愛撫を、官能をいつもの何倍もの強さで感じる。自分を抱き締める玲人の腕も、指先も、体温も。

そして今、身体の中心に口で施されている愛撫に凄まじく乱される。玲人の右手の平に押し包まれ、先端の丸みを丹念に嘗《な》め回される。その感覚が激烈すぎて、いけないと思うのに——脳裏にその様子を思い描いてしまう。それがいっそう千冬の羞恥《しゅうち》を煽《あお》った。

「やめて……！　やめて下さい……っ！」

恥ずかしさのあまりに千冬は目隠しの上から両手の平で顔を覆った。

「やめて？　何故？」

「あっ、ああん、あ！」

「どうせ何をされても見えないんだから、恥ずかしくはないだろう？」

口腔に含んだまま話すので、不規則に触れる玲人の歯の感触にまた翻弄《ほんろう》される。千冬はすでに息も絶え絶えだ。

「お……ねがいです、玲人様、今はそこは、お許し下さい……！」

「おかしいな。千冬はこれが大好きなはずなのに」

「違いますっ、ちがいます！　好きなんかじゃないです……っ」

「……そう。ならもっと好きな場所があるということか？」

そこを今から探してみようか？

耳元で低く囁《ささや》かれる。どうやら千冬は大変な墓穴を掘ったようなのだ。

千冬は胸が戦《おのの》くほど悪い予感に駆られて、半身を捻《ねじ》った。しかし、玲人の動きは遥かに素早い。千冬は目隠しをされたまま うつ伏せにされ、腰を高く突き出される。着物はすべて剝《は》ぎ取られているから、尻ももちろんむき出しだ。その双丘を玲人は手の平で押し包み、弾力を愛しむように丸く揺らす。

　そうすると、双丘の奥に隠されている一番秘密の蕾《つぼみ》にも、淫《みだ》らな感覚が波及する。千冬の呼気にもどうしても、悩ましいものが混じり始めた。

　千冬の不満に、玲人は気付いたようだ。

「どうした。何か、気に入らないか？」

「……玲人、さま……っ、もう……」

　目隠しをされた不自由な格好のまま、千冬は哀訴した。もみしだかれ、時には悪戯のように口付けられる。だけど奥の蕾には触ってもらえない。

「もう……もう、我慢、出来ないです」

　お願いです、と千冬は身体を反転させて、玲人にしがみついた。ちゃんと触って欲しい、と彼の形のいい耳元に哀訴する。

「どうして？　千冬はこれだけでもう、こんなに感じてるじゃないか」

「あっん！　でも……っ」

　普段、玲人はいつだって千冬に優しい。叶世がいた頃は「少々甘やかしすぎじゃないのか」と冷やかされるくらいに甘かった。けれどこと、情事となると一変、玲人はとても意地悪になる。千冬が何を欲しがっているか鋭敏な彼が分からないはずがないのに気付かない振りをしたり、気付いていてもあえてその場所には触れない。千冬が我慢出来ずに自分から玲人にお願いするまでは、決して千冬の望む場所に触れない。

だから千冬は羞恥を押し殺して、涙目で玲人に哀願するしかなかった。

「…………………奥にも………」

「奥？」

分かっているくせに、玲人は少し意地悪に尋ね返す。

「あぁ……っ、奥も、触って………──」

「……欲張りだな、千冬は」

慈しむような苦笑があって、千冬の望みはすぐに叶えられた。しっとりと汗ばんだ尻の間に玲人の節の高い長い指が滑り込み、蕾の濡れた表面を擦《こす》る。そうして、何かの弾みのように一本が千冬の中を犯す。

「ん、あ、あ──────」

けれどそれだけではまだ足りない。

焦《じ》れったい思いに、千冬は両足を擦り合わせた。

「……玲人様……っ！」

玲人は瞳に笑みを光らせ、千冬の腰を摑んだ。千冬が何かを考えるより早く、その強い衝撃が柔らかく濡れた場所を貫く。

「ああ……っ」

漏らした吐息は熱く、千冬が官能に満ち足りていることを示していた。けれどまだ、そこが終わりではない。

千冬の中の玲人が、ゆっくりと動き出す。潤んで蕩《とろ》け切った千冬をかき回すように、強引に、力強く千冬を揺さぶる。

「あっ、あっ、あっ、玲人様……っ」

千冬はかぶりを振って、目隠しを取った。情欲の中にいる玲人と目が合う。いつも端然と、冷静でいるこの人も好きだが、欲望をむき出しにしている若い獣のような玲人も好きだ。怖いけど、こんなことを思うなんて生意気かもしれないけれど、一つのことに夢中でいるこの人の様子が——可愛いと思う。

「あの清楚《せいそ》な衣装を纏《まと》う身体がこんなに感じやすく淫らだなんて、誰も思いはしないだろうな」

「だってそれは……っ」

「初めて抱いたときには、泣いて嫌がったくせに。今では俺を咥《くわ》えこんで離さない」

「……いやっ」

まるで千冬の身体が人並外れていやらしいのだと言われたような気がして、千冬は真っ赤になった。

千冬の身体がこんなにも過敏に、淫らになったのは、毎日毎晩、この感覚を玲人が教え込んだからだ。玲人の指先や唇がくれる快感にすっかり貪欲《どんよく》になり、千冬は微風のようにささやかな愛撫にも堪らず感じてしまう。

玲人と出会う前はこんなではなかったのに。

千冬の身体を作り変えてしまったのは玲人なのに、千冬が貪婪《どんらん》なのはすべて千冬の性《さが》だと玲人は意地悪を言うのだ。

何か反論を考えようとしたが、抽挿がいっそう激しくなった。

「あっ、あっ、そんな、強い……！」

「千冬……」

「あ――……玲人、さま……」

骨が軋みそうなほどの強さで抱きしめられ、身体の最奥に最愛の人の情欲が放たれたのを感じた。

目が合って、どちらからともなく唇を重ねる。満たされて、千冬は安らかな眠りに落ちた。

ふと視線を感じて、千冬は目を開ける。目の前の緑の瞳にはっと我に返って身体を起こした。眠っていた寝台の周りには脱ぎ散らかした衣装が散らばっていて——先ほどまで興じていた目隠し鬼のことまで全部思い出してしまった。

「ずるい。起きてらしたなら、声をかけて下さればいいのに」

「お前の可愛い寝顔に見蕩《みと》れてた」

そんな言い訳じゃごまかされない、と唇を尖《とが》らせる。そこに口付けをされて照れている間に玲人は次の遊びに千冬を誘う。

「さあ、次は何をして遊ぼうか？　俺の小鳥さん」

「……さっきは鬼って言ったのに……」

「あれはゲームのルールの都合上、仕方がなかった。それにしても……」

玲人は困ったように溜息《ためいき》を吐《つ》いた。

「何と呼ぼうとどこから見ようと、可愛いものはやはり可愛いものだな。これでまた、東京に帰る気持ちが殺《そ》がれた」

「え？　どういう意味ですか」

「東京へ帰るときは、お前を連れて帰る、と約束したろう？」

「はい。あ……でも、もしもそれが迷惑なのでしたら俺は構いません」

千冬はぎこちなく笑顔を作る。

「もともと身分違いなんですから、一緒にいられなくてもしかたな――」

そこできゅっと鼻を摘《つま》まれる。玲人は実に不機嫌な顔をしていた。

「一緒にいられなくてもしかたない？　お前を置いて東京に帰れと？　お前は本当にそう思うのか？」

「…………」

「そんなことをしたら叶世に死ぬまで恨まれる。あいつはお前が東京にいつ帰ってくるのか毎日のように手紙を遣《よこ》しているんだから。俺も、お前を連れて最新の汽車に乗ったり、アイスクリンを嘗めながら銀座を歩いたり、活動写真を見たり――色々計画してるのに」

それなのに、玲人はなかなか東京に帰ろうとしないのだ。

叶世が帰ったことで肖像画作成は今回はこれ以上進められないいし、雪見物の季節も終わりで、東京からこちらに来ていた華族たちもほとんどが帰京してしまった。

玖珂家だけがこの不便な地に逗留《とうりゅう》する理由が、千冬にはあまりよく分からない。

「俺はお前を東京に連れて帰るのが怖いんだ」

どこか不貞腐《ふてくさ》れたような横顔で、玲人はそう言った。

「怖い……？」

「こんなのんびりとした田舎町ならともかく、あの人の多い東京にお前を連れて行ったらどんなことになるか！　お前は可愛いから、色んな人間から色んな誘いがあるだろう。ある日、俺以上の誰かを見つけて、それこそ小鳥のようにひらりと逃げてしまうかもしれない」

それが怖くて、帰京を遅らせているというのだ。

千冬に身軽な少年の衣装を着せず、着物ばかり着せるのも、見目の華やかさを楽しむばかりでなく、千冬の自由を少しでも殺いでおきたいと思ったかららしい。

「何も、心配することなんてありません、玲人様」

千冬の言葉はまだ少ないので、上手く気持ちが伝えられるか不安だったが、その分、一言一言に思いを込めた。

「だって、俺は俺のものじゃありません。俺の全部が玲人様のものです。俺に命や希望や、言葉や愛情を与えてくれたのは玲人様だから。だから髪の毛の一本、爪《つめ》の欠片《かけら》も全部玲人様のものなんです。他の誰かや何かに感激することがあっても、その気持ちが変わることはありません」

「……千冬」

「あ、でも東京には、早く行ってみたいです。叶世さんや華子さんにお会いしたいし、汽車にも乗ってみたいです。でもその前に都会のマナーを身に着けなくちゃいけませんね！」

「いい心がけだ。あちこち出かけられるよう、男子用の服もあしらってやらないといけないな。でもその前に」

玲人が楽しげに笑って、千冬の二の腕を摑み、シーツの上に押し倒す。

「玲人様……？」

「俺の小鳥の可愛い鳴き声を、もう一度聞かせて欲しい」

千冬に否はなく、二人の唇は優しく重ねられた。

あとがき

初めまして、またはこんにちは、雪代鞠絵です。

今回のお話は、色んな童話をモチーフに作ってみました。人魚姫はもちろん、茨姫、シンデレラ、白雪姫……。

今回書いていて楽しかったのは、舞台となっているお屋敷です。そしてそこでだらだらと過ごす玲人や叶世。あ、玖珂伯爵の別荘に置かれている風奏琴は私の完全な創作です。でもあったら素敵ですよね。風が吹く度、音色を奏でる楽器……現在の住宅街だったら騒音で大迷惑かもしれないですが……。

そしてさらに楽しかったのは、千冬を含め、女の子たちの衣装でした。凝ったドレスも素敵だけど、日本独特のお着物も素敵。あんまり素敵過ぎて、お着物教本を何冊も買ってずーっと眺めていました（眺めていただけ……あまり知識は増えていない）。

本編の後のショート・ショートで千冬は少年用衣装を着けることを玲人に約束してもらっています。東京に帰ったら、黒い半ズボンに白シャツ、格子柄のジャケット、という軽装で、玲人と銀座散策や活動写真の見学をして、流行のアイスクリンやワッフルを食べてすっかりご満悦なのでしょう。

が、玲人は立場上忙しいので（一応華族様なので……）ずっと千冬の相手をしているわけにもいかず、仕方なく親友・叶世に任せる部分も多々あると思います。いつも沈着冷静な玲人様が叶世と千冬が何をして過ごしているのかと始終イライラしている様子は想像するだけで面白いですね（笑）。

執筆中、興味をひかれたのが当時の建築物やお料理でした。

金の飽かせるままに、贅沢で凝った料理をどんどん作り、テーブルの上は豪華絢爛。見たことのないようなお料理がずらりと並んでいたことでしょう。私はお料理はろくすっぽ出来ないので千冬が羨ましいばっかりです。

羨ましいといえば千冬が纏うお着物ですよね〜。

染から刺繍から全部手作業。高価、というだけでなく、貴重なお衣装。まさに特権階級の衣装です。この、いわゆる特権階級の方たちは普段どんな風に過ごしたのかな、と考えずにいられません。楽器の演奏に、お菓子にお衣装の誂えに、それから恋愛遊戯？

何だかいい時代ですよね〜。

千冬、叶世、玲人の三人は、そのうち海外にも行って……などと妄想しています。

ヨーロッパ、アメリカ、中国……千冬には色んなところをおっかなびっくり楽しんできてほしいです。別の機会には、千冬と玲人で日本の秘湯に行って新婚旅行もどきとか……（趣味は渋いふたり）。

玲人の立場上難しいかもしれませんが、二人きりの新婚生活、というのもするかもしれません。どこかの別荘に何かの手違いで二人閉じ込められて、千冬は家事全般、玲人はお仕事、日中やってることがバラバラなので夜の時間がうーんとこくなるという……叶世の策略で何とかならないものでしょうか……。

さて、今回も色んな方にお世話になってしまいました。

編集部のF様、イラストを担当してくださった広乃香子さん、着物のことを教えてくださった友人のKちゃん、その他たくさんの方々……。何よりこの本を手に取って下さった皆様に感謝の言葉もありません。

これからも頑張っていく所存ですのでよろしければお付き合い下さい。どうぞよろしくおねがいします。

雪代鞠絵

✦初出　真珠とカナリヤ……………リーフノベルズ「真珠とカナリヤ」
(2006年11月刊)
雪とカナリヤ………………書き下ろし
JASRAC　出1101067-101

雪代鞠絵先生、広乃香子先生へのお便り、本作品に関するご意見、ご感想などは
〒151-0051 東京都渋谷区千駄ヶ谷 4-9-7
幻冬舎コミックス　ルチル文庫「真珠とカナリヤ」係まで。

幻冬舎ルチル文庫

真珠とカナリヤ

2011年2月20日　第1刷発行

✦著者　雪代鞠絵　ゆきしろ まりえ

✦発行人　伊藤嘉彦

✦発行元　株式会社 幻冬舎コミックス
〒151-0051 東京都渋谷区千駄ヶ谷 4-9-7
電話 03(5411)6432[編集]

✦発売元　株式会社 幻冬舎
〒151-0051 東京都渋谷区千駄ヶ谷 4-9-7
電話 03(5411)6222[営業]
振替 00120-8-767643

✦印刷・製本所　中央精版印刷株式会社

✦検印廃止

ISBN978-4-344-82171-2　C0193　Printed in Japan